KB108468

너를 닫을 때 나는 삶을 연다

세계시인선

38

너를 닫을 때 나는 삶을 연다

: 기본적인 송가

파블로 네루다

김현균 옮김

ODAS ELEMENTALES

Pablo Neruda

ODAS ELEMENTALES
by Pablo Neruda

Korean translation edition is published by arrangement with
Fundacion Pablo Neruda, in reperesentation of the Heirs of Pablo Neruda,
c/o Agencia Literaria Carmen Balcells, S.A.

차례

일러두기

이 책의 번역 대본으로는 Pablo Neruda, *Odas elementales* (Santiago de Chile: Planeta Chilena, 2017)를 사용했으며, 작가 및 작품 해설에는 역자가 다른 지면에 발표했던 글의 내용이 포함되어 있음을 밝힌다.

인간의 권리를 위한 그녀의 투쟁을 기억하며

마틸데 우루티아[•]에게 바친다

• Matilde Urrutia(1912-1985). 네루다의 세 번째 부인으로 회고록 『파블로 네루다와 함께한 삶(Mi vida junto a Pablo Neruda)』(1986)을 남겼다. 네루다의 『대장의 노래(Los versos del capitán)』(1952), 『100편의 사랑 소네트(Cien sonetos de amor)』(1959)는 마틸데에게 영감을 받은 시집으로 온전히 그녀에게 바쳐졌다.

보이지 않는 사람 El hombre invisible

난 웃네,
옛 시인들에게
미소 짓네,
난 쓰인 모든
시를 우러르네,
내 오랜 형제가
장미에 덧붙이던
이슬,
달, 금강석, 물에 잠긴
은방울을 모두 우러르네,
하지만
난 웃네,
그들은 항상 '나'라고 말하지,
그들에겐
매 순간 무슨 일이 일어나지,
'나'를 입에 달고 지내지,
그들 혹은 그들의
달콤한 애인만
거리를 걷지,
다른 사람은 아무도 없어,
어부도, 책장수도
지나가지 않아,

미장이도 지나가지 않아,
아무도 비계에서
떨어지지 않아,
아무도 고통에 신음하지 않아,
아무도 사랑하지 않아,
오직 가련한 내 형제,
시인에게만,
그의 달콤한 애인에게만
모든 일이
일어날 뿐,
그 자신 말고는
아무도 살아 있지 않아,
아무도 배고픔이나
분노로 울지 않아,
그의 시에서는
아무도 집세를 내지
못해 고통받지 않지,
그의 시에서는 아무도
침대나 의자와 함께
거리로 쫓겨나지 않아,
공장에서도
아무 일 일어나지 않지,

아무 일도 일어나지 않아,
하지만 우산과 술잔,
무기, 기관차가 만들어지고,
지옥을 긁어내
광물을 채굴하네,
파업이 일어나고,
군인들이 와서
발포하네,
민중을 향해,
다시 말해,
시(詩)를 향해 발포하네,
내 형제
시인은
사랑에 빠져 있었거나
혹은 그의 감정이
바다에 붙들려
괴로워하고 있었지,
그는 그 이름자 때문에,
아득한 항구를 사랑하네,
그리고 알지도 못하는
대양에 대해 쓰네,
옥수수처럼 낟알

가득한 삶을 바로 옆에 두고서,
삶의 낟알을 털 줄
모르고 그냥 지나쳐 가네,
땅에 닿지도 못하고
오르내리거나,
때론
깊은 감회에 젖어
침울해지기도 하지,
그는 너무 커서
자기 자신 속에 들어가지 못해,
엉켰다 풀리기를 반복하고,
스스로를 저주받은 존재로 일컫네,
낑낑대며 어둠의
십자가를 지고 가네,
자신은 세상의 다른 사람들과
다르다고 생각하지,
매일 빵을 먹지만
제빵사를
본 적도,
제빵업자 노조에
가입한 적도 없어,
그렇게 가련한 내 형제는

음울해지고,

꼬이고 뒤틀리며

흥미를

흥미를

더해 가네,

그래, 맞아,

나는 내 형제보다

우월하지 않아,

그러나 난 미소 짓네,

나는 거리를 걷고

세상에 나만 존재하는 것은 아니기 때문에,

삶은 흐르네,

모든 강처럼,

나는 보이지 않는

유일한 사람,

신비로운 그림자는 없어,

어둠은 없어,

모두 내게 말을 걸어 오네,

내게 얘기를 들려주고 싶어 하네,

친척들에 대해,

자신들의 궁핍함에 대해,

기쁨에 대해 말하지,

모두 지나가고 모두
내게 무언가를 말하네,
그들은 얼마나 많은 일을 하는지!
목재를 자르고, 전깃줄을 끌어올리고,
밤늦도록 일용할
빵을 반죽하고,
쇠창으로
대지의
내장을 뚫고,
쇠를 자물쇠로
둔갑시키네,
하늘로 올라가고
집집마다
편지와 흐느낌, 입맞춤을 실어 나르네,
누군가가 있고,
누군가가 태어나고
혹은 사랑하는 여인이 날 기다리네,
난 지나가고 사물들은
내게 자신들을 노래하라고 보채지,
난 시간이 없어,
온갖 세상일을 생각해야 해,
집에 가야 하고,

당사(黨舍)에도 들러야 해,
어떻게 해야 하지?
모든 것이 내게 말하라
요구하네,
모든 것이 내게 요구하네,
노래하라고 끝없이 노래하라고,
모든 것이 꿈과 소리로
가득 차 있네,
삶은 노래가 가득 담긴
상자, 상자가 열리고
한 떼의
새들이
날아와
내 어깨 위에 내려앉아
무언가를 얘기하고 싶어 하네,
삶은 전진하는
강 같은 투쟁,
사람들은
왜 투쟁하는지,
죽는다면
왜 죽는지,
나에게,

그리고 너에게 말하고 싶어 하네,
나는 지나가고 그 숱한 삶을
노래할 틈이 없어,
바라건대
모든 이들이 내
삶 속에서 살고
내 노래 안에서 노래하길,
난 하찮은 존재,
내 일을 돌볼
겨를도 없네,
그 누구도 잊지 않고
일어나는 일들을
밤낮없이 기록해야 하네.
실은 갑자기
몸이 나른해져
풀밭에 드러누워
별들을 바라보네, 바이올린 색
곤충이 지나가네,
사랑하는 달콤한 여인의
작은 젖가슴 위나
허리춤 아래에
팔을 얹은 채,

얼어붙은 별자리들과 함께
떨고 있는 단단한
밤의
벨벳을 바라보네,
그 순간
신비의 물결이,
어린 시절이,
방구석에서 흐느꼈던 일이,
슬픈 사춘기가
내 영혼으로 올라오는 걸 느끼네,
별들이 있거나 없거나,
사랑하는 그녀가 곁에 있거나 없거나,
졸음이 몰려와
사과나무처럼
잠이 들고,
금세
곯아떨어지네,
눈을 뜨면
밤은 이미 가 버렸고,
거리는 나보다 먼저 깨어나 있지,
가난한 소녀들은
일터로 향하고,

어부들은 큰 바다에서
돌아오네,
광부들은
새 신을 신고
갱도로 들어가네,
온 세상이 살아 있네,
모두 걸음을 재촉하며,
부리나케 지나가네,
난 거의 옷 입을
새도 없이,
달음질쳐야 해:
어디로 가는지,
무슨 일이 있었는지
내가 알기 전에는
아무도 지나갈 수 없어.
난 삶 없이는
살 수 없고,
사람 없이는 사람일 수 없어,
난 뛰고 보고 듣고
노래하네,
별들은 나와 아무
상관이 없고,

고독은 꽃을 피우지도
열매를 맺지도 못해.
나의 삶을 위해 모든
삶을 내게 다오,
온 세상의
모든 고통을 내게 다오,
내가 그 고통을
희망으로 바꾸리니.
내게 다오,
모든 기쁨을,
가장 은밀한 기쁨마저도,
그러지 않으면 달리
알려질 길 없으니.
난 그것들을 이야기해야 하네,
하루하루의
투쟁을
내게 다오,
그것들은 나의 노래이고,
그렇게 우린 모두 다 같이
어깨동무하고,
함께 걸어가리니,
나의 노래는 모두가 하나 되게 하는 노래:

모든 이들과 함께 부르는
보이지 않는 사람의 노래.

공기를 기리는 노래 Oda al aire

길을 걷다가
공기를 만났다,
그에게 인사를 건네며
정중히 말했다:
"이번만은
네가 투명함을 남겨 줘서
기뻐,
그러니 우리 얘기를 나눠 볼까."
지칠 줄 모르는 공기는
춤추고, 나뭇잎을 흔들고,
웃음소리로 내 신발 바닥의
먼지를 털어 냈다,
자신의 푸른 돛대,
유리 뼈대,
산들바람의 눈꺼풀을
한껏 들어 올리며,
돛대처럼 꼼짝 않고,
내 말에 줄곧 귀를 기울였다.
난 그의 천왕(天王)의
망토에 입을 맞추고,
그의 천상의 비단 깃발로
몸을 감싸며

말했다:
군주인지 혹은 동지인지,
실인지, 꽃부리 혹은 새인지,
난 네가 누군지 몰라, 하지만
하나만 부탁할게,
몸을 팔지 마.
물은 몸을 팔았지,
난 사막의
송수관에서
보았어,
물방울이 말라붙고
빈한한 민중이
갈증 속에서 비틀대며
모래 위를 걷는 것을.
난 배급된
야간등,
부잣집의
거대한 등을 보았지.
새로 단장된 정원들은
온통 여명이고,
골목의 끔찍한
그림자는

온통 어둠이야.
거기에서 밤이,
계모 같은 엄마가
부엉이 눈
한복판에 비수를 달고
나오는 거야,
비명이, 범죄가
솟구치다 어둠에
삼켜져 스러지지.
안 돼, 공기야,
넌 몸을 팔지 마,
네 몸에 수로를 내지 못하게 해,
네 몸에 관을 설치하도록 내버려 두면 안 돼,
너를 끼워 넣지도
압착하지도 못하게 해,
너를 알약으로 만들도록 내버려 두면 안 돼,
너를 병에 집어넣지 못하게 해,
조심!
내가 필요하면
연락해,
난 가난한 이들의
아들, 가난한 이들의

아버지, 삼촌, 사촌,
친형제,
동서, 모든 이들의,
나의 조국과 다른 조국들의,
강가에 사는 가난한 이들의,
깎아지른 산맥의
정상에서
돌을 쪼고,
판자에 못을 박고,
옷을 꿰매고,
장작을 패고,
흙을 빻는 사람들의 시인,
그것이 바로 내가
그들이 숨 쉬기를 바라는 이유야,
넌 그들이 가진 전부야,
그래서 넌
투명한 거야,
그들이 내일 일어날 일을
볼 수 있어야 하잖아,
그래서 네가 존재하는 거야,
공기야,
너도 숨을 쉬렴,

쇠사슬에 묶이면 안 돼,
차를 몰고 널
조사하러 오는 사람은
그 누구도 믿지 마,
그들에게서 달아나,
그들을 비웃고,
그들의 모자를 날려 버려,
그들의 제안을
받아들이면 안 돼,
춤추며 우리 함께
세상 속으로 가자,
사과나무
꽃을 쓰러뜨리며,
창문으로 들어가자,
함께 휘파람을 불자,
어제 그리고 내일의
노랫가락을
휘파람 불자,
이제 우리가
빛과 불,
땅, 사람을
해방시킬 날이 올 거야,

그러면 세상 만물은 모두를 위해
존재하겠지, 네가 그렇듯이.
그러니, 지금은,
조심해!
나와 함께 가자,
우리에겐 아직 춤추고 노래할
많은 것들이 있어,
우리 가자
바닷가를 따라,
산꼭대기로,
우리 가자
새봄이
꽃피는 곳으로,
솟구치는 바람과
노래에 실어
꽃을,
향기를, 열매를,
내일의
공기를 나눠 주자.

엉겅퀴를 기리는 노래 Oda a la alcachofa

여린 가슴의
엉겅퀴가
철갑을 두르고,
우뚝 솟아, 조그만
돔을 세우고는
비늘들
아래에서
철통같은 태세를
갖추고 있었다,
옆에서는
정신 나간 식물들이
몸을 비비 꼬아
덩굴손, 부들,
가슴 뭉클한 알뿌리가
되었다,
땅 아래에서는
붉은 콧수염의
당근이 잠을 잤고,
포도밭은
땅에서 포도주를 끌어올리는
넝쿨을 말라붙게 했다,
양배추는

주름치마를 입어 보는 일에
정신이 팔려 있었고,
꽃박하는
세상에 향수 뿌리는 일에 골몰했다,
그사이, 석류처럼
반짝이는,
남새밭의
달콤한
엉겅퀴는
전사의 옷을 입고,
보란 듯이 위풍당당했다,
그리고 어느 날
커다란
버드나무 광주리에 담긴 채
나란히 열을 지어
장바닥을 걸어 다녔다,
전사가 되겠다는
꿈을 이루기 위해.
줄지어 행진하는 모습이라니,
시장에서처럼
그렇게 늠름했던 적은 없다,
채소들 사이

흰 셔츠를 입은
이들은
엉겅퀴들의
대장
이었다,
빽빽한 대형,
특공대원의 고함 소리,
떨어지는 상자의
꽝 하는 굉음,
그런데
그때
마리아•가
광주리를 들고
나타나,
겁 없이,
엉겅퀴를 하나
골라잡는다.
이리저리 살피고, 달걀인 양

• 스페인어권에서 가장 흔한 이름의 하나로 여기서는 평범하고 소박한 사람들을 대변한다. 『모두의 노래(Canto general)』(1950)에 실린 「대지의 이름은 후안(La tierra se llama Juan)」에서 '후안' 역시 민중을 대변하는 전형적 인물로 제시되고 있다.

불빛에 비춰 본다,
그걸 사서,
신발 한 켤레,
양배추 한 통,
식초
한 병과 함께
장바구니에
집어넣었다가
부엌으로 가져가
냄비에
담근다.
엉겅퀴라 불리는
무장한 채소의
한살이는
이렇게
평화롭게 끝난다,
이윽고
우린 한 꺼풀 한 꺼풀
달콤한 감칠맛을
벗기고
그의 초록 가슴의
평화로운 페이스트를
먹는다.

기쁨을 기리는 노래 Oda a la alegría

기쁨,
창가에 떨어진
녹색 이파리,
갓 태어난
조그마한
빛,
낭랑한 코끼리,
반짝이는
동전,
때로는
여린 섬광,
아니
오히려
변치 않는 빵,
이루어진 소망,
이행된 의무.
기쁨이여, 난 너를 깔보았다.
내가 경솔했어.
달은
자신의 길로 날 데려갔지.
옛 시인들은
내게 안경을 빌려줬고
난 사물마다 옆에

먹구름을
놓았어,
꽃 위에는 검은 화관을,
사랑하는 입술에는
슬픈 입맞춤을.
아직은 때가 아니야.
후회하게 날 내버려 다오.
난 생각했어, 그저
고통의 가시나무가
내 심장을
태우면,
비탄에 잠긴 검푸른 구역에서
빗물에
옷을 적시면,
장미꽃에 눈을
감고
상처를 어루만지면,
모든 고통을 함께 나누면,
내가 사람들을 돕는 것이라고.
내 생각이 틀렸어.
난 발을 헛디뎠고,
오늘 너를 부른다, 기쁨이여.

넌
대지처럼
없어서는 안 될 존재.

불처럼
집을
떠받친다.

빵처럼
순수하다.

강물처럼
낭랑하다.

벌처럼
날아다니며 꿀을 나눠 준다.

기쁨이여,
난 우울한 젊은이였고,
난 꼴사나운 네
머리카락을 발견했어.

그건 사실이 아니었어, 머리카락이
내 가슴에 폭포수를
풀어놓았을 때 그걸 알았지.

일체의 책에서
동떨어진,
거리에서 발견한 기쁨이여,
오늘, 나와 동행해 다오:
너와 함께
집집마다 찾아가고 싶다,
이 마을 저 마을,
이 깃발 저 깃발 찾아가고 싶다.
내게 넌 혼자가 아니야.
우리 가자, 섬으로
바다로.
우리 가자, 탄광으로
숲으로.
외로운 나무꾼들,
가엾은 세탁부(洗濯婦)들
혹은 봉두난발의 당당한
석공들은

너의 포도송이로 나를 맞이할 테고,
운집한 사람들,
집결한 사람들,
선원 노조 혹은 목공 노조,
용감한 청년들 또한
투쟁 속에서 나를 환대하리라.

너와 함께 세상 속으로!
나의 노래와 함께!
반쯤 펼쳐진
별의 날개와 함께
물거품의
환희와 함께!

모두에게 기쁨을
빚졌으니
그들에게 나의 의무를 다하리라.

그 누구도 놀라지 마라, 사람들에게
대지의 선물을
건네고 싶으니,
기쁨을 퍼뜨리는 것이

지상에서 내 의무임을
투쟁 속에서 배웠으니.
나의 노래로 나의 소명을 다하리라.

아메리카를 기리는 노래 Oda a las Américas

더없이 순결한 아메리카,
대양이
자줏빛으로
온전히 지켜 낸 땅,
수백 년 세월 머금은 고요한 양봉장들,
피라미드, 질그릇,
피로 물든 나비들의 강,
노란 화산들,
항아리를 빚고
돌을 가공하는
침묵의 종족들.

파라과이여, 강의 터키옥,
땅에 묻힌 장미여,
너는 오늘, 감옥이 되었다.
페루여, 세계의 가슴,
독수리들의
왕국이여,
너 아직 살아 있느냐?
베네수엘라여, 콜롬비아여,
너희들의 행복한 목소리
들을 수 없다.

아침 녘의 은빛
합창 어디로 가 버렸나?
태곳적 옷 두른
새들만이,
폭포들만이
왕관을 보존하고 있다.
감옥의 창살은
몰라보게 늘었다.
불과 에메랄드의
축축한 왕국에서,
아버지다운 강들
사이에서,
날마다
새로운 폭군이 떠올라 칼로
저당권을 쳐내고 헐값에 너의 보물을 사들인다.
형제 사냥이
시작된다.
항구에서는 길 잃은 총성이 울린다.
펜실베이니아에서
전문가들이,
새로운
정복자들이 도착하고,

그사이
우리의 피는
부패한
농장들과 땅속 탄광들에
자양분을 공급한다,
달러가
흘러넘치고
우리의 실성한 소녀들은
오랑우탄의
춤을 배우며 허리를 삔다.
더없이 순결한 아메리카,
성스러운 영토여,
아아, 슬프다!
마차도*가 죽고 바티스타**가 태어난다.
트루히요***는 여전히 건재하다.

---

* Gerardo Machado y Morales(1871-1939). 쿠바의 군인이자 정치가로 1924년부터 1933년까지 대통령을 역임했다. 집권 중에 정적들을 탄압했으며, 네루다는 『모두의 노래』에서 혁명가 훌리오 안토니오 메야가 1929년 멕시코에서 암살당한 사건을 들어 마차도를 공개적으로 비판하고 있다.

** Fulgencio Batista y Zaldívar(1901-1973). 쿠바의 독재자 대통령. 두 번에 걸쳐((1940-1944, 1952-1959) 대통령을 역임했으며, 그의 정권은 피델 카스트로가 이끄는 혁명군에 의해 붕괴되었다.

*** Rafael Leónidas Trujillo(1891-1961). 도미니카공화국의 독재자 대통령.

광활한 야생의
자유 공간,
아메리카여,
하 많은
순수, 대양의
물,
고독한 팜파스, 하찮은
피의 장사치들이
창궐하는, 현기증 나는
땅이여.
지금 무슨 일이 벌어지고 있나?
범미(汎美)라는 탐욕의
가지에 올라앉은
잔혹한 앵무새들이
끊어 놓은
침묵을 어찌
계속 이어 갈 수 있을까?
망망한 물거품,
후추 향

1930년 쿠데타를 일으켜 정권을 장악한 이래 32년간 폭정을 펼쳤다. 1952년 동생 엑토르에게 대통령직을 물려주었으나 계속 실질적 독재자로 군림하다 1961년 5월 정적에게 암살당했다.

풍기는 다도해의
행복한 바다에
상처 입은 아메리카여,
어둠에 싸인
아메리카여,
우리 쪽으로
기울어진 채
민중의 별이 솟아오른다,
영웅들이 태어나고, 새로운 길들이
승리로
뒤덮인다,
옛 국가들이
되살아난다,
가을은 눈부신
빛을 꿰뚫고,
새로운 깃발들이
바람에 펄럭인다.
아메리카여,
너의 목소리와 너의 행동을
너의 녹색 허리띠에서
해방시켜라,
옥에 갇힌 너의 사랑을

끝내라,

타고난 너의 위엄을

되찾고,

다른 나라들과 함께

거부할 수 없는 새벽을

지키며 너의 이삭들을 치켜들라.

사랑을 기리는 노래 Oda al amor

사랑이여, 우리 한번 따져 보자,
내 나이 때는
남을 속이는 것도, 자신을 속이는 것도
불가능해.
난 노상강도였어,
후회하지 않아,
아마도.
심오한 찰나,
내 이빨에
물어뜯긴 목련 한 송이,
중매쟁이
달의 빛.
좋아, 그런데, 결말은?
고독은 차가운
재스민으로 짠
그물을 보존했어,
그리고 그때
내 품에 도착한 이는
섬들의
장밋빛 여왕.
사랑이여,
봄날

긴긴
밤이 다하도록
떨어져도,
한 방울의 물로는
큰 바다를 이루지 못해,
그래서 난 알몸으로,
쓸쓸히, 기다리고 있었지.

그런데, 물결처럼
내 품을 지나간
여인,
한낱
황혼 녘 과일 향이었던
그 여인이
갑자기
별처럼 깜박였고,
비둘기처럼 불탔어,
그리고 난 살갗에서 그녀가
화톳불의 머리카락처럼
풀리는 것을 발견했지.
사랑이여, 그날 이후
모든 것이 더 단순해졌어.

난 잊힌 내 심장이
내리는 명령에 순종했고
그녀의 허리를 꼭 껴안고
입맞춤의
온 힘으로
그녀의 입술을 탐했지,
필사적인 군대로
유년 시절의 흰 야생 백합이
자라는 작은 탑을
탈취하는 왕처럼.
그러므로 사랑이여,
너의 길이 뒤얽히고
험할지라도,
그러나 나는 믿는다,
네가 사냥에서 돌아올 것임을,
네가 다시 불을
지필 때,
우리가 사랑하는 것들은
식탁 위의 빵처럼,
그렇게 소박해야 함을.
사랑이여, 네가 내게 준 것은 바로 그것.
그녀가 저음

내 품에 왔을 때는
전락한 봄의
강물처럼 지나갔지.
오늘
그녀를 다시 취한다.
사랑이여, 내 손은 너무 좁고
내 눈구멍은 너무 작다,
그녀의 보물,
끝없는 빛의
폭포, 황금의 실을,
나의 삶 그 자체인
그녀의 향기 가득한 빵을
받아들이기엔.

원자(原子)를 기리는 노래 Oda al átomo

작디작은
별이여,
넌
영영
금속 안에 묻힌
것처럼 보였다: 감추어진,
마귀 같은
너의 불.
어느 날
누군가가 너의 작은
문을
두드렸다:
인간이었다.
너를
방전시켜
사슬에서 풀어 주었다,
너는 세상을 보았고,
햇빛 속으로
나가,
도시들을
돌아다녔다,
너의 거대한 광채가

삶들을 비추기에 이르렀다,
넌
전기미(電氣美)를 지닌,
가공할 과일이었다,
넌 여름날의
불꽃을 재촉하기 위해
왔다,
그리고 그때
전사가 도착했다,
호랑이 안경과
갑옷으로,
체크무늬 셔츠와
유황빛 콧수염,
호저(豪猪) 꼬리로
무장한 채
도착해
너를 유혹했다:
그는 너에게 말했다,
잠을 자라,
몸을 웅크려라,
원자여, 넌 어느 그리스 신을,
봄날 파리의

어느 디자이너를
닮았구나,
여기 내 손톱 위에
누워라,
이 작은 상자 속으로 들어오렴,
그러고 나서
전사는
마치 네가 한낱
미제
알약에 지나지 않다는 듯이
조끼에 챙겨 넣고는
세상을 여행했고
히로시마에
너를 투하했다.

우리는 잠에서 깼다.
여명의 빛은
이미 스러지고 없었다.
새들은 모두
재가 되어 떨어졌다.
관의
냄새,

무덤의 가스 냄새가
천지에 진동했다.
초인적인
형벌의 형상,
핏빛 버섯구름, 반구형 지붕,
자욱한 연기,
지옥의
검이
무섭게 솟구쳤다.
불타는 공기가 치솟았고
죽음이 평행한 물결
이루며 흩어져,
아이와 함께
잠든 어머니에게,
강의 어부와
물고기에게,
빵집과
빵에,
기사(技士)와
그의 건물들에
다다랐다,
온통

물어뜯는
먼지,
암살자
공기투성이였다.

마지막 남은 구덩이들을 박살내고
도시는
쓰러졌다, 부서지고
썩어 문드러져
갑자기 쓰러졌다,
사람들은
순식간에 나환자가 되었다,
그들은 자녀들의 손을 잡았고
자그마한 손이
그들의 손에 떨어졌다.
눈부신 불꽃,
성난 빛이여,
그렇게, 사람들은 불이
잠자고 있던
비밀스런 돌의 망토,
너의 은신처에서
너를 끄집어냈다,

삶을 파괴하기 위해,
아득한 존재들을 핍박하기 위해,
바다 밑에서,
공중에서,
모래밭에서,
항구의 마지막
굽이에서,
씨눈을
말살하기 위해,
세포를 살해하기 위해,
꽃부리를 가로막기 위해,
원자여, 그들은 너를 이용했다,
국가를
전복하는 일에,
사랑을 검은 고름집으로 바꾸는 일에,
켜켜이 쌓인 심장을 불태우고
피를 궤멸하는 일에.
오 실성한 불꽃이여,
너의 수의(壽衣)로
돌아가라,
너의 광물의 망토에
파묻혀라,

다시 눈먼 돌이 되어라,
악당들의 말에 귀를 막아라,
넌, 삶과 농사일을
거들어라,
엔진을 대신하라,
에너지를 높여라,
행성들을 기름지게 하라.
이제 네겐 비밀이
없다,
끔찍한
가면을 벗고
사람들 사이로
걸어가라,
걸음을 재촉하라,
결실의 걸음을
내디뎌라,
산을
갈라놓고,
강을 곧게 펴라,
땅을 비옥하게 하라,
원자여,
찰랑이는

우주의
술잔이여,
포도송이의 평화로,
기쁨의 속도로
돌아가라,
자연의
품으로 돌아가라,
우리를 위해 일하라,
네 가면의
치명적인
재 대신,
너의 분노에서 분출된
지옥 대신,
너의 가공할 빛살의
위협 대신, 우리에게 건네 다오,
곡물을 위한
너의 놀라운
반란을,
사람들 사이에 평화를 세우기 위한
사슬 풀린 너의 자성(磁性)을,
그러면 너의 눈부신 빛은
지옥 아닌

행복,

아침의 희망,

대지의 은총이 되리라.

칠레의 새들을 기리는 노래 Oda a las aves de Chile

산맥과 물거품 사이에서
태어난,
칠레의 검은 깃털 새들,
굶주린 새들,
음울한 새들,
황조롱이와 매,
섬 독수리,
눈(雪)의 왕관을 쓴 콘도르,
상복 입은 거만한 대머리독수리,
썩은 고기의 탐식자들,
하늘의 폭군들,
잔인한 새들,
피의 사냥꾼들,
뱀을 잡아먹는 새들,
도둑 새들,
산의 마녀들,
피에 굶주린
제왕들아,
난 너희의 비상에
경탄한다.
난 날개의 움직임을
찾아

광활한 우주를
오래도록 탐사한다:
그곳에 너희가 있다,
아찔한 고도의
검은 배들,
말 없는 살인자의
혈통,
핏빛 별들이여.
해안에서는
물거품이 날아오른다.
바닷새들의
비상이
칙칙한 빛을
흩뿌리고,
철새들이 수면을 스치며
가로지른다,
그리고 갑자기 날개를
접고
광대한 녹색 물결 위로
화살처럼 내리꽂힌다.

난 쉼 없이 항해했다,

해안가를,
이빨 빠진 연안 지역, 대양의
섬들 사이 거리를,
망망한 태평양,
성난 꽃잎들의 푸른 장미,
페나스만[•]의
창공과
알바트로스,
대기의 고독과 그 광막함,
하늘의 검은 파도를.
그 너머에서는,
파도와 날개,
가마우지,
갈매기와 푸른발부비새에
흔들려,
대양이 비상한다,
바다에
난타당한 가파른 바위들은 새들로
고동치며 흔들리고,
빛이, 성장이 넘쳐흐른다,

• 칠레 파타고니아 남단에 위치한 만.

삶의 비행이
바다를 가로질러 북으로 향한다.

그러나 넌
끔찍한 새들의
번식지인
폭풍우 몰아치는
안데스산맥
혹은 바다 그 이상이다,
오 나의 다정한 조국:
이른 아침 너의 녹색 품에서
여명(黎明)의 새들이 빠져나와,
자그마한 망토를 걸치고
미사에 간다,
의례적인 개똥지빠귀,
금속성의 앵무새,
관목지의
앙증맞은 오색멧새,
날아오를 때
하얗고 까만 눈〔雪〕의
부채를 펼치는
댕기물떼새,

화덕딱새와 큰부리애니,
황금가슴멧새,
적갈색꼬리딱따구리와 티티새,
산비둘기,
흰줄무늬참새와 노랑단풍새,
수정 같은 흉내지빠귀,
다정한 개똥지빠귀,
청아한 곡조의
실 위에서 춤추는 오색방울새,
벨벳 소복 입은
은빛 배 같은
남쪽의 백조,
향기로운 자고새와 푸른 인광을
발하는 벌새들의 섬광.
내 조국의 부드러운 허리에서,
화산과 대양의
성난 왕국들 사이에서,
감미로운 새들아,
너희는 태양을, 대기를 만진다,
너희는 여름 한낮
물 비행의 떨림,
숲속의 보랏빛 광선,
앙증맞은 동그란 종(鐘),

꽃가루를 뒤집어쓴 채
집으로 돌아가는 꼬마 비행사들,
무성한 알팔파 수풀 속 잠수부들이다.

오 활기찬 비행!

오 생동하는 아름다움!

오 무수한 새들의 노랫소리.

칠레의 새들아, 태풍 같은
잔혹한 배들
혹은 꽃과 포도의
달콤한 작은
생명체들아,
너희의 둥지는 땅의
향기로운 일치를 세운다:
너희의 떠돌이 삶은
우리에게 노래하는
하늘의 나라이고,
너희의 비행은
조국의 별들을 하나로 모은다.

붕장어 수프를 기리는 노래 Oda al caldillo de congrio

폭풍우 이는
칠레의
거친 바다에는
분홍빛 붕장어,
살이 눈처럼 새하얀
거대한 장어가 산다.
해안 지대,
칠레의
냄비에서,
영양 많고
맛 좋은 걸쭉한
수프가 태어났다.
껍질을 벗긴 붕장어를
부엌으로 가져가라,
얼룩덜룩한 껍질은
장갑처럼 벗겨지고,
이윽고
바다의 포도송이가
세상에 모습을 드러낸다,
부드러운 붕장어는
지금 벌거벗고,
우리의 입맛을 돋울

준비를 마친 채
반짝거린다.
이제
마늘을
집어 들어,
먼저 그 멋진
상아를
어루만지고,
그 성난 향을
맡아라,
그러고는
다진 마늘을
양파, 토마토와
함께 집어넣고,
양파가 황금빛을
띨 때까지 기다려라.
그사이
모락모락 김이 피어나며
위풍당당한
바다새우가
쪄진다,
마침내 때가

무르익어,
바다의 즙과
양파의 빛을 발하는
맑은 물이
합쳐진
국물에
맛이 우러났을 때,
바로 그때
붕장어를 집어넣어
영광 속에 잠기게 하라,
냄비에 올리브유를
치고,
바짝 졸여 맛이 깊이 배게 하라.
이제 요리에
짙은 장미 같은
크림을 떨구고,
천천히
불에
보물을
건네기만 하면 된다,
수프 안에서
칠레의 정수(精髓)가

데워지고,
네가 그 요리에서
천국을 만나도록
갓 결혼한
바다와 땅의
맛이
식탁에 오를 때까지.

땅에 떨어진 밤을 기리는 노래 Oda a una castaña en el suelo

너는 곤두선 잎들에서
떨어졌다,
윤기 나는 목재,
반짝이는 마호가니처럼
온전하게,
우듬지에서 갓 태어나,
새들과 나뭇잎들 사이에서
은밀하게 영글어,
밀봉된 선물,
감춰진 달콤함을 선사하는
바이올린처럼
민첩하게
떨어지는 넌
형태의 교본,
땔나무와 밀가루의 혈통,
뼈대에 완벽한
황홀경과 식용 장미를
간직한 타원형 악기.
넌 하늘의
다갈색 빛 속에서
가시를 반쯤 벌린
털북숭이 밤송이를 떠났고,

벌어진 틈새로
세상을 보았다,
음절로 가득한
새들,
별을 머금은
이슬
그리고 아래로는
아이들의 머리통,
쉼 없이 흔들리는 풀들,
쉼 없이 피어오르는 연기를 보았다.
밤이여,
넌 마음을 굳게 다잡고,
땅으로
몸을 던졌다,
반짝이며 날렵하게,
아메리카 섬들의
작은 가슴처럼
탱탱하고 매끄럽게.
넌 쿵하고
땅에
부딪혔지만,
그러나

아무 일도 일어나지 않았다,
풀은
계속 산들거렸고, 늙은
밤나무는 온 숲의
입인 양 속살댔다,
붉은 가을의 이파리 하나 떨어졌고,
시간은 땅 위에서
계속 꿋꿋이 일했다.
넌
한낱
한 톨의 씨앗이기에,
밤나무,
가을, 땅,
물, 고도, 침묵은
새싹을,
가루투성이
무성한 나뭇잎을,
그리고 땅에 묻힌 채,
다시 하늘을 향해
나뭇잎의
소박한 장엄함,
새로운 뿌리들의

축축한 검은 그물망,
지상의 다른 밤나무의
오래고도 새로운 차원을 열게 될
어머니의 눈꺼풀을 준비했다.

양파를 기리는 노래 Oda a la cebolla

양파여,
반짝이는 플라스크여,
한 꺼풀 한 꺼풀
너의 아름다움이 빚어졌다,
수정 비늘들이 너를 불렸고
컴컴한 대지의 비밀 속에서
이슬 같은 너의 배 동그래졌다.
땅 아래에서
기적이 일어났고
너의 굼뜬 파란 줄기
돋아나고
남새밭에 검 같은 너의 이파리
태어났을 때,
대지는 너의 투명한 알몸 보여 주며
차곡차곡 힘을 쌓았다,
아득한 바다가 아프로디테•의
가슴을 부풀려
또 한 송이 목련을 피워 냈듯이,
대지는
그렇게 너를 빚었다,

• 그리스 신화에 나오는 미(美)와 사랑의 여신.

유성처럼 밝은
양파여,
변치 않는 별자리여,
동그란 물 장미여,
넌 가난한 사람들의
식탁
위에서
반짝반짝 빛날
운명을 타고났다.

너그럽게도
넌 팔팔 끓는
냄비 안에서
네 싱싱한 구체(球體)를
해체하고,
타는 듯한 식용유의 열기에
수정 조각들은
돌돌 말린 황금 깃털로 변한다.

나는 또 기억하리라, 너의 영향이
어떻게 샐러드의 사랑을 북돋우는지,
하늘은 네게 섬세한 우박의 형태 부여하며

반으로 잘린 토마토 위
잘게 썰린 너의 투명함을
찬양하는 데 기여하는 것만 같다.
그러나 민중의 손이
닿는 곳에서,
식용유가 끼얹어지고,
약간의 소금이
뿌려진 채,
넌 고된 길을 가는 날품팔이의
허기를 달랜다.
가난한 사람들의 별이여,
고운 종이에
싸인
요정 대모여,
넌 천체의 씨앗처럼
영원하고, 옹글고, 순결하게
땅에서 고개를 내민다.
부엌칼이
널 자를 때
하나뿐인 고통 없는
눈물이 솟는다.
넌 괴롭히지 않고도 우리를 울게 했다.

양파여, 난 지금껏 존재하는 모든 것을 찬양했다.
그러나 내게는 네가
눈부신 깃털의
새보다 더 아름답다,
내 눈에 넌
하늘의 풍선, 백금 술잔,
눈 덮인 아네모네의
정지된 춤이다.
수정 같은 너의 본성에는
대지의 향기가 살아 있다.

빛살을 기리는 노래 Oda a la claridad

폭풍우가
풀밭 위에
소나무의 실, 바늘,
바람의 꼬리에 달린 태양을 남겼다.
곧은 하늘빛이
세상을 가득 채운다.

오 충만한 날이여,
오 우주의
열매여,
내 육신은 빛과
공기가 폭포처럼
떨어지는 술잔이다.
바닷물을
만진다.
오늘의
새로운 물결은
녹색 불과
격렬한 떫은 입맞춤의
맛을 풍긴다.
매미들은
낭랑한 우듬지에서

황금의 천을 짠다.
삶의 입술이
내 입술에 키스한다.
난 살고,
사랑하고
사랑받는다.
실재하는 모든 것을
내 존재 안에 받아들인다.
난 바위 위에
앉아 있다:
거기서는
밀림의
물과 음절들이,
날 찾아
도착하는 샘의
그늘진 빛살을
건드린다.
나는 삼나무 몸통을
만지고,
그 주름살은 내게 시간과
대지에 대해 말해 준다.
이 새로운 날에.

강과 함께
자유롭고, 상쾌하고, 가볍게,
노래하며
강을 따라
걷는다,
그리고 그것을 받아들이고,
어떻게
내 가슴에 들어와, 나의 눈으로 바라보는지
느낀다.

나는
나는 낮이고,
나는
빛이다.
그러므로
내겐
아침의 의무,
정오의 노동이 있다.
난
바람과 물과 함께
걸어야 하고,
창문을 열어야 한다,

문을 부수어야 하고,
벽을 무너뜨려야 한다,
구석을 비추어야 한다.

마냥 앉아
있을 수는 없다.
잘 가.
내일
보자.
오늘은 승리해야 할
많은 전투가 있다.
오늘은 해치고 끝장내야 할
많은 그림자가 있다.
오늘은 너와 함께할
수 없다, 빛의
의무를 다해야
한다:
어둠을
파괴하며 거리와 집,
사람들 사이를
오가야 하고. 나 자신을
나눠 줘야 한다,

온 세상이 낮이 되는 날까지,
지상의 모든 것이 빛살과
기쁨이 되는 날까지.

구리를 기리는 노래 Oda al cobre

구리가 그곳에
잠들어 있다.
황량한
북부의 언덕.
위에서부터
구리
산정,
무뚝뚝한 흉터들,
녹색 망토,
시간의 불타는
기세에
갉아 먹힌 둥근 지붕,
우리
곁의
광산:
광산은 단지 사람일 뿐,
광물은
땅속이
아닌,
사람의
가슴에서 나온다,
그곳에서 사람은 죽은 숲을,

멈춰 선
화산의
동맥을
건드리고,
광맥을 탐사하고,
구멍을 뚫는다,
그리고
다이너마이트가
폭발하고,
바위가 쏟아져 나와,
정제된다:
이렇게 서서히
구리가 태어난다.
전에는 아무도
원석에서
구리를 가려낼 줄 몰랐으리라.
지금은
사람,
사람의 일부,
그의 영광의
무거운 꽃잎이다.
지금은

이미 녹색 아닌,
붉은색이다,
피로 변했다,
딱딱한 피로,
가공할 심장으로.

나는 본다,
산들이 무너지는 것을,
땅이
성난
암갈색 구덩이들로,
사막으로, 임시
가옥들로
갈라지는 것을.
광물은
불길에
사람의 손에
매질당해
군인 잉곳,
상품의 군대가 되었다.
배들은 떠났다.
구리가,

집기 혹은 철사가
어디에 닿든,
그것을 만지는
그 누구도
보지 못하리라, 칠레의
험준한 황야,
사막
가장자리의 오두막들,
위풍당당한 석공들,
나의 민중, 갱도로
내려가는 광부들.
가슴이 아프다.
난 알고 있다.
고된 노동,
굴착,
상처와 폭발, 땀과 피로써,
사람이,
나의 민중이,
칠레가,
물질을 지배하고,
돌에서 누워 있는
광물을 분리했을 때,

이 광물은
시카고로 산보를
갔고,
구리는
쇠사슬이,
불길한
범죄 도구가 되었다,
내 조국이 구리를 잉태하도록
수없이 투쟁했건만,
그 영예롭고
순결한 탄생 뒤에,
사람들은 그를 죽음의 조력자로 만들었고,
단련시켜 킬러로
지명했다.

난 묻는다,
가파른 산맥에게,
사슬 풀린 칠레 바다의
물거품에게
뒤흔들린 황량한
해안에게:
그러려고

우리의 구리는
돌의
녹색 자궁에
잠들어 있었나?
죽음을 위해 태어났나?
나의
벗에게,
우뚝 솟은 산정의
나의 형제에게
묻는다:
그러려고
너는 고통 속에서 구리가 태어나게 했나?
위협적인 사이클론,
거센 불행이
되게 하려고?
가난한 사람들,
다른 가난한 사람들,
어쩌면 네가 알지 못할,
온 세상에
퍼져 있는
너 자신의 가족의
삶을

파괴하게 하려고?

광물을 건네야 할
때다,
트랙터에게,
미래의 비옥한
땅에게,
소리의 평화에게,
연장에게,
반짝이는 기계에게
그리고 삶에게.
펼쳐진 구리의
수줍은 손을
모든 인간존재에게
건네야 할
때다.
그리하여,
구리여,
넌 우리의 차지가 될 것이다,
도살장의
야바위꾼들은
더 이상 주사위로

너를
희롱하지 못할 터!
가파른
언덕,
녹색의
산정에서,
모습을 나타내리라, 칠레의 구리가,
나의 민중의
가장 옹골진
결실이,
죽음이 아닌
생명을
발산하고,
피가 아닌
이삭을 퍼뜨리며
모든 민중에게
땅속에서 파낸
우리의 사랑을 건네는,
불타는
꽃부리가,
생명과 바람과
접촉하여

피 흘리는 심장,
붉은 돌로
바뀌는
우리의 녹색 산이.

비평을 기리는 노래 Oda a la crítica

다섯 편의 시를 썼다:
하나는 녹색의 시,
다른 하나는 둥근 빵이었다,
세 번째는 세워지고 있는 집,
네 번째는 반지였다,
다섯 번째 시는
섬광처럼 짧았고
그 시를 쓸 때
내 심장에 불탄 상처가 남았다.

그런데,
선남선녀들이
와서 단순한 물질을,
풀 줄기, 바람, 광채, 진흙, 목재를
잡았고
그 하찮은 것들을 가지고
벽을, 주택을, 꿈을 지었다.
나의 어떤 시행에서는
바람에 옷을 말리기도 했다.
나의 말을
먹고,
침대 머리맡에

보관했으며,
시와 함께, 내 옆구리에서 나온
빛과 함께 살았다.
그때
벙어리 비평가가 도착했다,
그리고 끝없이 혀만 놀려 대는 다른 비평가가,
소경이거나 눈만 들끓는
다른, 다른 많은 비평가들이 도착했다,
그들 중 몇몇은 빨간 구두를 신은
카네이션처럼 우아했고,
또 어떤 이들은 머리끝에서 발끝까지
송장의 옷차림으로 왔으며,
왕과 그의 숭고한
왕국의 신봉자들도 있었다,
또 어떤 이들은 마르크스의
이마에 휘감기고
그의 턱수염에서 발버둥 쳤다,
또 일부는 영국인들,
영락없는 영국인들이었다,
모두
달려들었다,
이빨과 비수를 앞세우고,

거창한 인용문을 들고,
사전과 그 밖에 검은 무기들을 휘두르며,
미천한 나의 시를 놓고
그 시를 사랑하는
소박한 사람들과 다투기 위해
달려들었다:
그들은 시를 깔때기 모양으로 만들거나,
둘둘 말았고,
수많은 핀으로 단단히 고정시키고,
해골 가루로 덮었다,
또 시를 잉크 범벅으로 만들고,
고양이의 부드러운
상냥함으로 시에 침을 뱉고,
시계를 포장하는 데 썼다,
시를 옹호하거나 비난하고,
시에 석유를 끼얹고,
시에 축축한 연구 논문을 헌정했다,
우유로 시를 끓이고,
시에 작은 돌멩이들을 보태고,
시에서 모음을 지우고,
음절과
한숨을 죽이고,

우글쭈글 구겨
작은 꾸러미로 만든 다음
조심스레 다락방으로,
무덤으로 보냈다.
그러고는
그들에게 내가 별로
인기가 없자
머리끝까지 화가 치밀어
하나둘 자리를 뜨거나
혹은 내 시에 흔히 어둠이 결여된 것에 대한
달콤한 경멸에 흠뻑 젖어
모두
물러갔다.
그러자
다시,
선남선녀들이
나의 시 곁으로
살러 돌아왔다.
그들은 새로 불을 피우고,
집을 짓고,
빵을 먹었다.
서로에게 빛을 나눠 주고

사랑 안에서 섬광과
반지를 하나로 합쳤다.
여러분, 이제,
당신들에게 하고 있는
이 얘기를 멈추고
영원히
소박한 사람들과
살기 위해 떠나는
나를 용서하시라.

앙헬 크루차가•를 기리는 노래 Oda a Ángel Cruchaga

앙헬,
비바람에
흔들리던 남부에서 보낸
나의 유년기,
갑자기,
그대의 날개,
그대의 빛나는 시의
비상,
푸른 인광으로
밤을, 길들을 가득 채우던
별이 총총한
튜닉이 기억나오,
그대는
물고기 가득한
고동치는 강이었네,
그대는
서쪽에서
동쪽으로
하늘을 가로지르던
초록 인어의

• Ángel Cruchaga(1893-1964). 1948년 국가문학상을 수상한 칠레 시인. 네루다보다 10년 정도 연상이지만 대학 시절 친밀하게 교우했다.

은빛 꼬리였네,
빛의 형상이
그대의 날개에
모여들었고, 바람은
그대의 옷 위에
빗줄기와 검은 나뭇잎을 뿌렸지.
저 아득한,
나의 유년기엔
그랬었네,
하지만 그대의 시는 한낱
숱한 날개들의
통로,
떠돌이 돌,
아마란스와 흰 백합에 뒤덮인
별똥별만은
아니었네,
그대의 시는 또한 예나 지금이나,
꽃이 만발한 초목,
인간적 온화함의
기념비,
사람 속에
뿌리내린

오렌지 꽃.
앙헬,
그것이 바로
내가 지금 그대를 노래하고,
지금껏 그대를 노래해 온 이유라네,
쇠붙이,
물,
바람,
순수한 그 모든 것들을 노래했듯이!
삶에 교훈이 되는 모든 것,
견고함 혹은 감미로움의
성장,
그대의 시가 그렇듯, 그대 격정의
눈물에 젖은 무한한
빵, 그대의 성스러운 손이
빚어내는 향기롭고
고결한 목재들.
앙헬,
그대, 드넓은
재스민 밭의 주인이여,
허락해 주오, 그대의 아우가
비와

뿌리들과 함께 이 나뭇가지를
그대 가슴에 놓아두게 해 다오.
그대의 책에 이 가지를 남기네,
금강석 같은 그대 본성의
꽃부리에 살면서,
평화와 투명함,
아름다움에 흠뻑 젖도록.

행복한 날을 기리는 노래 Oda al día feliz

이번에는 내가 행복하게
내버려 다오,
누구에게도 아무 일 일어나지 않았고,
난 어디에도 없다,
그저
걷고, 잠자고,
혹은 글을 쓰면서
심장이 구석구석
행복하다.
난 행복한데,
어찌해야 하지?
난 초원의
목초보다
무수히 더 많다,
살갗이 주름투성이 나무,
땅 밑의 물,
하늘의 새들처럼 느껴지고,
바다를 내 허리의
반지처럼 느낀다,
대지는 빵과 돌로 빚어졌고
대기는 기타처럼 노래한다.

모래밭 내 곁에서 넌
모래밭이고,
네가 노래하면 넌 노래다,
세상은
오늘 나의 영혼이요,
노래요 모래밭이다,
오늘
세상은 너의 입이다,
너의 입, 너의 모래밭에서
나 행복하게
내버려 다오,
그저 나도 숨 쉬고 너도 숨 쉰다는
단순한 이유로 나 행복하게,
네 무릎을 만진다는
이유로, 그건 마치 하늘의
푸른 살갗과 그 싱그러움을
만지는 것만 같아서,
나 행복하게 내버려 다오.

오늘 나 홀로
행복하게
내버려 다오,

모든 이들과 함께 혹은 아무도 없이,

목초와

모래밭과 함께

행복하게,

대기와 땅과 함께

행복하게,

너와 함께, 너의 입과 함께,

나 행복하게,

행복하게 내버려 다오.

건물을 기리는 노래 Oda al edificio

어느 한곳을
파헤치고,
한 귀퉁이를
두들기고,
펼치고 다듬으며
불꽃이 지어져 올라간다,
인간을 위해 자란
쌓아 올린 고도가.

오 균형과 조화의
기쁨.
오 사용된 무뚝뚝한
자재들의 무게,
진흙에서 기둥으로의
성장,
사다리 위
부챗살처럼 번지는 광채.
지상에 흩어진
얼마나 많은 곳에서
승리의 일치가
여기 빛 아래로 와서 높이 솟았나.

바위는 자신의 힘을 산산조각 냈고,
강철은 가냘파졌다, 구리는
자신의 활력을 목재와 뒤섞기에 이르렀고
숲에서 갓 도착한 목재는
자신의 충만한 향기를 단련시켰다.
시멘트여, 거무튀튀한 형제여,
너의 반죽은 그것들을 합치고,
너의 흩뿌려진 모래는
조이고, 둥글게 감으며, 올라간다,
한 층 한 층 정복하며.
작은 몸집의 사내가
구멍을 뚫고,
오르내린다.
개인은 어디에 있나?
그는 망치, 강철로 강철에
가하는 타격,
체계의 한 점이고,
그의 이성은 커지는
영역에 보태진다.
그는 알량한 자존심을
내려놓고
사람들과 함께 원형 지붕을 건립해야 했고,

모든 이들 사이에 질서를
세우고
완고한 구조의
금속성의 단순함을 함께 나눠야 했다.
그러나
모든 것은 사람으로부터 온다.
그의 부름에
돌들이 달려가고 담벼락이 올라간다,
빛이 거실로 들어가고,
공간이 잘리고 나뉜다.

인간은
어둠에서 빛을 갈라놓을 것이다,
건물이 올라가도록
자신의 헛된 자존심을 물리치고
하나의 체계를 도입했던
것처럼
계속 집단적인
장미를 건설하고
대지에 무뚝뚝한
행복의 자재를 모을 것이다,
이성과 강철로

만인의 건물은
커져 갈 것이다.

에너지를 기리는 노래 Oda a la energía

검은 잎의
너의 식물, 석탄 속에
잠든 것처럼 보였다,
땅을 파헤치자
이윽고
걷고,
솟아오르고,
실성한
불의 혀가
되었다,
그리고 기관차나
선박
안에서 살았다,
숨겨진 빨간 장미여,
강철의 내장이여,
비밀스런
어두운
갱도에서
눈먼 채, 갓 도착한 너,
넌 몸을 내어 주고 있었다,
엔진과
바퀴,

기계,

운동,

빛과 박동,

소리는,

에너지, 너로부터,

원천 에너지, 너로부터

태어나고 있었다,

넌 격렬하게

그것들을 분만했고,

연료실과

푸른 화부(火夫)의

손을 태웠다,

넌 너의 우리

안에서 울부짖으며

거리(距離)를 무너뜨렸다,

네가 너 자신을 삼킨

곳까지,

너의 불이 다다른 곳까지,

포도송이들이 도착했고,

창문이

불어났다,

페이지들이 깃털처럼 합쳐지고

책의 날개들이 날아올랐다:
사람들이 태어나고 나무들이 쓰러졌다,
대지는 비옥했다.
에너지여, 포도 안에서
넌 슬픔에 젖은 동그란
설탕 방울이다,
투명한
행성,
액상의 불꽃, 광란의
자줏빛 구체,
한층 증식된
종(種)의 난알,
밀의 씨눈,
곡물의 별, 자석이나 강철의
천연석,
전선 탑,
움직이는 물,
농축된
비밀스런
에너지의
비둘기, 존재들의
근원, 너는 아이의

핏속에서 분출하고,
아이의 눈에서 꽃나무처럼 자란다,
너는 아이의 손을 단련시킨다,
어른이 될 때까지
아이를 때리고, 잡아 늘이며.

달리며 노래하는 불,
창조의 물,
성장이여,
우리의 삶을 바꿔라,
돌에서 빵을,
하늘에서 황금을,
사막에서 도시를
뽑아내라,
에너지여,
네가 간직하고 있는 것을
우리에게 다오,
네가 가진 불의 능력을 펼쳐라,
저기
대초원 위에서,
과일을 영글게 하라, 밀의
보물에 불을 질러라,

흙을 부수고, 산을
평평하게 골라라,
대지에
새로운 비옥함을
펼쳐라,
그때부터,
거기서부터,
삶이 변화한
곳으로부터,
지금
대지가,
온
대지가,
섬들이,
사막이 변하고
그리고 인간이 바뀌도록.

그땐, 오 에너지여,
불의 검이여,
넌 우리의 적이
아니리,
길들여진

너의 머리털은
완벽한 꽃과 열매가 되리,
너의 불은
평화, 빼대,
풍요, 비둘기,
풍성한 열매,
신선한 빵의 초원이 되리.

질투를 기리는 노래 Oda a la envidia

난 남부,
접경지대에서 왔다.
그곳의 삶에는 줄곧 비가 내렸다.
산티아고에 도착했을 때,
옷을 바꿔 입느라
무척 애를 먹었다.
난 혹독한 겨울
옷차림으로 왔다.
악천후의 꽃들이
나를 뒤덮었다.
거처를 옮겨 다니느라
허리띠를 졸라매야 했다.
모든 것이 차올랐고,
심지어 대기마저
우울한 사람들의 냄새를 풍겼다.
하숙집에서는
벽지가
떨어져 내렸다.
난 쓰고, 또 썼다, 오직
죽지 않기 위해.
그런데
나의 유배된

소년의
시가
거리에서
불타오르자 곧바로
테오도리코가 나를 보고 짖어 댔고
루이바르보가 나를 물어뜯었다.•
나는 가라앉았다,
가장 초라한 집들의
심연으로,
침대 밑으로,
부엌으로,
아무도 나를 심문하지 못할
옷장 안으로,
나는 쓰고, 또 썼다, 오직
죽지 않기 위해.

모든 것이 그대로였다. 나의 시에
대한 협박이
고개를 쳐들었다,

• 네루다를 집요하게 비난했던 칠레 시인들인 파블로 데 로카(Pablo de Rokha)와 비센테 우이도브로(Vicente Huidobro)를 가리키는 언어유희적 명칭이다.

갈고리와 칼,
시커먼 펜치를 휘두르며.

그때 나는
바다를 건넜다,
강을 따라서 열을 속살대는
기후의 공포 속에서,
거친 사프란과
신들에게 에워싸인 채,
나는 검은 북들의
소요 속에서 길을 잃었고,
황혼의
향기에
묻혔다, 그러고는
쓰고, 또 썼다, 오직
죽지 않기 위해.

나는 아주 멀리 떨어진 곳에 살았고, 심각할
정도로 나 자신을 철저하게 방치했다,
하지만 여기서 카이만들은
녹색 이빨을
날카롭게 갈고 있었다.

난 여행에서 돌아왔다.
여자들, 남자들에게,
아이들에게,
모두에게 입을 맞추었다.
내겐 당과 조국이 있었다.
별이 있었다.
기쁨이 내 팔에
매달렸다.
그때부터 한밤중에,
겨울에,
기차에서, 전장
한복판에서,
바닷가에서 혹은 갱도 옆에서,
사막에서 혹은 사랑하는
여인 곁에서
혹은 나를 추적하는
경찰에게 쫓기며,
소박한 시를 썼다,
모든 이들을 위해
그리고 죽지 않기 위해.

이제
그곳에 그들이 돌아왔다.
구더기처럼
집요하고,
선상의
생쥐처럼
눈에 띄지 않는다,
그들은 내가 항해하는 곳을
항해하고,
내가 한눈을 팔면 신발을
물어뜯는다,
내가 존재하기에 그들도 존재한다.
난 뭘 할 수 있을까?
죽는 날까지
계속 노래할 수밖에
없으리.
이것만은
그들에게 양보할 수 없다.
그들이 원한다면,
선물 꾸러미를
선사할 수 있고,
나와 함께 접경지대에서 도착한

혹독한 비를
피하도록
우산을 사 줄 수도 있다,
말을 타는 법을 가르치거나
적어도 내 개의
꼬리를 줄 수 있다,
그러나 그들이 깨달으면 좋겠다,
그들이 나의
노래를 대신하도록
내가 입을 닫아 걸 수는
없다는 것을.
있을 수 없다.
그럴 수는 없다.
사랑 혹은 슬픔으로,
차가운 새벽에,
오후 3시
혹은 한밤중에,
언제라도,
내가 화가 나든, 사랑에 빠지든,
기차에서, 봄에,
어둠 속에서 혹은 결혼식에서
나오면서,

숲을 가로지르면서
혹은 사무실에서,
오후 3시
혹은 한밤중에,
언제라도,
나는 쓸 것이다, 단지
죽지 않기 위해서가 아니라
다른 이들이 살도록
돕기 위해,
누군가가 나의 노래를
필요로 할 것 같기 때문이다.
나는,
나는 단호하리라.
그들에게 청하노니
쉼 없이
질투의 깃발을 떠받쳐라.
난 그들의 이빨에 익숙해지리라.
내겐 그들이 필요하다.
그러나 그들에게
진실을 말해 주고 싶다:
언젠가 나는 죽을 것이다,
(무슨 일이 있더라도 그들에게

최후의 만족을 줄 것이다)
의심의 여지가 없다,
그러나
난 노래하며 쓰러지리라.
그들에게는 달갑잖은 소식이겠지만,
거의 확신컨대,
나의 노래는
죽음의 이편에서,
내 조국의
한복판에서
계속될 것이다,
나의 목소리는 불 혹은
비의 목소리,
혹은 타인들의 목소리일 것이다,
비와 불로 쓰였기에
소박한
시는
온갖 풍파 속에서도
살아 있으며,
두려움을 넘어 영원하다,
젖 짜는 여인처럼
건강이 넘친다,

그리고 그 미소엔 세상의
모든 쥐들의
희망을 뭉갤 수 있을 만큼
이빨이 가득하다.

희망을 기리는 노래 Oda a la esperanza

내 삶의
한복판에 내리는,
바다의 황혼,
포도알 같은 파도,
하늘의 고독,
넌 날 가득 채우며
흘러넘친다,
온 바다,
온 하늘,
움직임
그리고 우주,
포말의
백색 부대,
오렌지색 대지,
사위어 가는 태양의
불탄
허리,
하 많은
은총과 은총,
꿈을 향해 날아가는
새들,
그리고 바다, 바다,

물 위에 떠 있는
향기,
낭랑한 소금의 합창,
그사이,
물가에서,
투쟁하며
기다리는
바닷가에서,
기다리는,
우리,
인간들.

파도가 단단한 해안에게 속삭인다,
"모든 일이 이루어질 거야."

대지의 풍요를 기리는 노래 Oda a la fertilidad de la tierra

풍요여, 녹색
내장,
근원적인 물질, 식물성 보물,
비옥함이여, 증식이여,
너를 노래한다,
나는, 시인,
나는, 풀,
뿌리, 낟알, 꽃부리,
대지의 소리마다,
나는 나뭇잎들에 나의 말을 보태고,
나뭇가지와 하늘로 올라간다.
단지 잠든 것처럼
보일 뿐,
씨앗들
은
들썩인다.
불은 씨앗들에게 입 맞추고, 물은
자신의 띠로 씨앗들을 건드린다,
그러면 씨앗들은 동요하며,
자유로이 움직인다,
서로 질문하고,
눈(目)을,

곱슬곱슬한 소용돌이무늬를,
부드러운 싹을,
움직임을, 존재를 아래로 던진다.
가득 찬
곡창을 보아야 한다,
그곳엔 모든 것이 잠들어 있다,
그러나
생명의 불이,
효소들이
외치고,
발효시키고,
보이지 않는 실들과 함께
불탄다.
사람들은 눈으로 그리고
손가락으로 느낀다,
압력을, 인내를,
씨눈과 입,
입술과 자궁의
노동을.
바람은 난소를 나른다.
대지는 땅속에 장미를 묻는다.
물은 솟아나 어디론가 찾아 나선다.

불은 끓어오르며 노래한다.
만물이
태어난다.
풍요여,
넌 종(鐘)이다,
너의 원 아래에서
습기와 침묵이
녹색의 혀를 펼치고,
수액이 올라간다,
식물의 형상이
폭발한다,
생명의 선(線)이
자라고
그 가장자리에 꽃과
포도송이들이 모여든다.
대지여, 봄이
나의 핏속에서 생성된다,
마치
내가 나무요, 땅덩이인
듯하고,
내 안에서 대지의
순환이 일어나는 느낌이다,

물과 바람, 향기가
나의 셔츠를 짜고,
내 가슴에선 가을이
그곳에 잊고 온 흙덩이들이
움직이기 시작한다,
난 밖으로 나가 빗속에서 휘파람을 불고,
내 손에선 불이 움튼다,
이윽고
나의 영혼에서 싹트는
녹색 깃발을
내건다,
난 씨앗, 나뭇잎,
익어 가는 떡갈나무다,
그때 난 밤낮없이,
온종일 노래한다,
뿌리들의 속삭임이 올라오고,
바람 속에서 나뭇잎이 노래한다.
풍요여, 난 너를 잊는다.
이 노래의
첫 음절로
네 이름을 써 두었다,
넌 더 드넓고,

더 축축하고 더 낭랑하다,
널 묘사할 길이 없다,
내게로 와서,
날 풍요롭게 해 다오,
내게 날마다 열매의 맛을 다오,
내게 뿌리의
비밀스런
끈기를 다오,
나의 노래가 대지에
떨어져 해마다 봄이면 그 말들이
올라오게 해 다오.

꽃을 기리는 노래 Oda a la flor

가난한
창문에
핀
가난의
꽃,
쓰러져 가는
판잣집에 핀
가난한 태양의
꽃잎들.

난 안다, 꽃과
그 머리털,
윤기 나는 가슴,
그 우아한 자태
상점에서 어떻게 빛나는지.
난 안다
그곳에서 색깔, 비단 빛,
부풀어 오른 탑,
황금 꽃다발,
여명의 보랏빛 꽃잎,
장미의 불타는 젖꼭지
옷을 입거나 혹은 알몸으로

어떻게 부잣집에 들어갈
채비를 하는지.

땅에는 은총이 넘쳤고,
대양은
길이 되었다,
대지는 위도를 뒤섞었다,
먼 곳의 꽃은
그렇게 불과 함께 항해했고,
"넌 가난의 꽃이 아니다,
꽃이여, 넌
윤기 흐르는 거실의
한가운데에서 반짝반짝 빛나야 한다,
그 어두운 거리로 들어가지 마라,
우리의 기쁨 독점에
동참하라."라고 말하며
날랜 손이 그 꽃을 내친 곳으로부터,
그렇게 너의 문에 도착했다.

그래서 난 창문들을
바라보며 거리를 걷는다,
그곳에선 제라늄에서

떨어진 양홍(洋紅)이
비천한 삶들에 둘러싸여 노래하고,
카네이션 한 송이
깨진 유리 옆에서,
향기로운 종이 화살을 치켜든다,
또 수도원을 떠나온
흰 백합이
가난과 함께 그곳에 살고 있다.

오 꽃이여, 너를 나무라지 않겠다,
곱슬곱슬한 겉껍질의 우뚝한 꽃이여,
난 대지가 너의 아름다움으로
들어 올린 섬광을 네가 부자들의
집까지 가져갈
권리를 부인하지 않는다.
난 확신한다,
내일이면
네가 인간의 모든 거주지에서
꽃필 것임을.
넌 어두운 거리를 무서워하지 않을 테고,
땅 위에
봄이 들어갈 수 없는

음침한 굴은 없으리라.

꽃이여, 맹세컨대,
널 탓하지 않겠다,
꽃피어야 할 곳에서, 모든
창문들에서
네가 꽃을 피울 수 있도록,
꽃이여,
나 그토록 소박한 형식으로,
모두를 위해
노래하듯이, 나 이제부터
투쟁하고 노래하리라,
그건 내가 내일의 꽃들을
나눠 주기 때문.

푸른 꽃을 기리는 노래 Oda a la flor azul

초원을 가로질러
바다 쪽으로 걷다 보니
— 지금은 11월이다 —
모든 것은 이미 태어나 있다,
모든 것은 키와
파동, 향기를 지니고 있다.
한 걸음 한 걸음
실성한
해안선에 이를 때까지,
난 한 포기 한 포기 풀을 밟으며
대지를 이해하게 되리라,
갑자기 대기의
물결 흔들리고 야생
보리 파도친다:
내 발치에서
새 한 마리 후두두
날아오르고, 황금빛 실로,
이름 없는 꽃잎들로
가득한 땅바닥은
별안간 녹색 장미처럼 반짝이고,
적대적인 산호,
가녀린 줄기, 별 모양의

가시나무들,
때로는 가시의
날랜 섬광
혹은 상큼하고, 부드럽고 떫은
향기의 맥박으로
내게 인사를 건네는 식물 각각의
무한한 차이를
드러내는 쐐기풀과 뒤얽힌다.
숨겨진 봄의
키 작은 풀들을 헤치며 굼뜬 걸음으로
태평양의
물거품을 향해 걷다 보니,
대지가 끝나기 전
광활한 바다 100미터 앞에서
온 세상이 환각, 발아
그리고 노래가 된 것만
같다.
자그마한 풀들은
황금의 왕관을 쓰고,
모래 식물들은
자줏빛 광선을 발산했다,
그리고 작은 망각의 이파리마다

한줄기 달빛 혹은 불꽃이 다다랐다.
11월,
바닷가에서, 바다의
빛과 불, 소금을 받아들이는
무성한 덤불 사이를 거닐다가,
딱딱한 초원에서 태어난
푸른 꽃을 찾아냈다.
넌 어디에서, 어느 밑바닥에서
푸른 광선을 뽑아내느냐?
흔들리는 너의 비단은
땅 아래에서
깊은 바다와 교신하는 것이냐?
그 꽃을 두 손 위에 올려놓고
바라보았다, 마치 바다가 하나의
물방울 속에 살고 있는 것처럼,
마치 땅과 바다의
투쟁 속에서
한 송이 꽃이 푸른 불과
억누를 수 없는 평화, 불굴의
순수의 작은 깃발을
치켜드는 것처럼.

불을 기리는 노래 Oda al fuego

사납고,
힘찬,
눈멀었지만 눈으로 가득 찬,
뻔뻔스럽고,
느리고, 갑작스러운 불이여,
황금의 별,
장작 도둑,
말 없는 노상강도,
양파 삶는 요리사,
이름 높은 불꽃의 악당,
백만 개의 이빨을 가진 미친개여,
내 말을 들어 보라,
가정의 중심,
불멸의 장미 나무,
삶의 파괴자,
빵과 화덕의 천상의 아버지,
바퀴와 편자의
고명한 선조,
금속들의 꽃가루,
강철의 창시자 :
내 말을 들어 보라,
불이여.

네 이름이 불탄다,
'불'이라 말하면
기분이 좋다,
'돌' 또는 '밀가루'라
말하는 것보다
더 좋다.
너의 노란 광선 옆에서,
너의 빨간 꼬리 옆에서,
심홍색 네 갈기 옆에서
말은 생기를 잃고,
말은 차갑다.
사람들은 불, 불,
불, 불이라 말하고,
무언가가 입에서
불붙는다:
그건 불타는 너의 과일,
타오르는 너의 월계수.

그러나 넌 한낱
말이 아니다,
불덩이가

없으면
모든 말이
시간의 나무에서
떨어져 내린다 해도.
넌
꽃,
비상,
완성, 포옹,
잡히지 않는 물질,
파괴와 폭력,
비밀, 죽음과 삶의,
창조와 재의
사나운 날개,
눈부신 불꽃,
눈(目)투성이 검,
활력,
난데없는 여름, 가을,
메마른 화약의 굉음,
산의 붕괴,
연기의 강,
어둠, 침묵.

넌 어디에 있니, 어디로 갔니?
엷은 먼지만이
너의 모닥불을 기억한다,
손에 남아 있는 꽃의
자국 혹은 불탄 상처만이.
마침내 백지 위에서,
너를 발견한다,
불이여,
난 너를 노래해야 할 의무가 있다,
지금은
내 앞에,
가만히
있어라, 그사이 난
구석에서 리라를 찾으리라,
너를 담기 위해
검은 섬광의
사진기를 찾으리라.

마침내 넌
나와 함께 있다,
나를 파괴하기 위해서도,
파이프에 불을 붙일 때

사용하기 위해서도 아니다,
오히려 널 만지고,
너의 머릿결을,
위험한 너의 모든 실들을
빗질하고,
너를 좀 가다듬고, 너에게 상처를 입히기 위해서,
진홍색 황소여,
네가 나와
팽팽히 맞서도록 하기 위해서다.
과감하게 밀고 나가라,
날 태워라,
이제,
나의 노래 속으로
들어오라,
내 혈관을 타고
올라가,
나의 입으로
나가라.

이제
너는 안다,
나를 당할 수

없음을:
난 너를 노래로 바꾼다,
너를 올리고 너를 내린다,
너를 묶어 나의 음절들 속에
가두고, 너를 집어넣는다,
마치 네가 휘파람을
불 것처럼,
네가 지저귀는 새소리로 흩어질 것처럼,
마치 네가
새장에 갇힌 카나리아인 것처럼.

지옥 새의
소문난 튜닉을 입고
내게 오지 마라.
넌 이곳에서
삶과 죽음을
선고받은 운명.
내가 침묵하면
너는 생명이 꺼진다.
내가 노래하면
너는 넘쳐흐르고
필요한 빛을 내게 주리라.

나의 친구들을
통틀어,
나의 적들을
통틀어,
넌
가장 까다롭다.
모두
너를 묶어서 지니고 다닌다,
호주머니 속 악마,
상자와 법령에
숨겨진 허리케인이여.
난 그렇지 않다.
난 곁에 데리고 다니며
너에게 말할 것이다:
이제 네가 할 줄 아는 것을
나에게 보여 줄
시간이다.
마음을 열어라, 헝클어진
머리털을
풀어헤쳐라,
하늘로 올라가

천정(天頂)을 태워라.

내게 녹색과 오렌지색
몸을
보여 다오,
너의 깃발들을
치켜들어라,
세상 위에서
혹은 여기 내 곁에서
침침한 황옥처럼
고요하게 불타라,
날 바라보며 잠들어라.
너의 무수한 다리로
계단을 올라라.
나를 염탐하라,
살아가라,
내가 너를 써서 남길 수 있게,
너의 방식으로,
나의 말로,
불타며,
네가 노래할 수 있게.

과테말라를 기리는 노래 Oda a Guatemala

과테말라여
오늘
너를
노래한다.

이유도,
목적도 없다,
네 이름이
나의 입에
뒤엉킨 채
오늘 아침이
밝았다,
녹색 이슬이여,
아침의 싱그러움이여,
난 야생의 끈으로
너의 밀림의
성스러운 보물을
동여매는
칡을
기억했다.

나는 산정에서 기억했다,

너의 강의
보이지 않는 바닥을,
비밀스런
낭랑한 격류를,
나뭇잎에
묶인 꽃부리를,
돌연한 사파이어 같은
새를,
술잔처럼
평화와 투명함이 넘치는
찰랑찰랑한 하늘을.
위쪽에는
돌의 이름을 가진
호수가 있다.
그 이름은 아마티틀란.•
물이, 하늘의 물이
호수를 채웠다,
물이, 별들의 물이
검은 에메랄드의
무서운 심연에

• 과테말라주 고지대에 있는 두 개의 거대한 화산 중 하나. 다른 하나는 아티틀란(Atitlán)이다.

모여들었다.
호숫가에는
마야브[•]
족이
살고 있다.

부드러운, 부드러운
꿀의
숭배자들, 천체의
비서들,
태곳적 수수께끼의
패배한
승리자들.

그 촌락들의
화려한 드레스를
보는 것은 얼마나 근사한가,
그들은 여전히
뱃심 좋게 반짝이는 튜닉,
노란 자수,

• 마야의 다른 이름.

진홍색 반바지,
여명의
색깔들을
걸치고 다녔다.
옛날 옛적,
슬픔에 잠긴 카스티야•의
병사들이
아메리카를 매장했고,
지금까지도
아메리카
사람은
에스트레마두라•• 출신 공증인의
프록코트,
로욜라•••의
사제복을 입는다.
꼬치꼬치 캐묻는,
연옥 같은

• 스페인 중앙부에 위치한 지역으로 카스티야 왕국의 중심지이자 스페인 민족의 발상지.

•• 스페인 중서부에서 포르투갈에 걸치는 지방.

••• Ignacio de Loyola(1491-1556). 스페인의 수도사로 1534년 프란시스코 하비에르와 함께 예수회를 창설했다.

스페인은
소리와 색깔,
아메리카의 혈통,
꽃가루, 기쁨을
감추고
우리에게 살라망카인의
검은 상복,
가혹한 넝마의
갑옷을 남겼다.

물에 잠긴 색깔은
오직 네 안에만 살아 있다,
깃털들,
눈부시게, 살아 있다,
네 물동이의 싱그러움,
살아 있다,
심오한
과테말라여,
끝없이 밀려오는
죽음의
물결은 너를 매장하지 못했다,
외국 침략자의

날개도,
장례식 옷도
너의 눈부신 꽃의
꽃부리를 질식시키지
못했다.

난 케트살테낭고[•]에서 보았다,
시장의
넘치는
인파,
사랑으로,
오랜
고통으로 엮은
광주리,
거친 색깔의
천들,
홍인종,
머리 형상의 항아리들,
금속성 흰 백합의
실루엣,

• 과테말라 남서부 케트살테낭고주의 주도로 마야의 한 종족인 키체족의 영향권에 속함.

엄숙한 눈길,
강에서 해오라기 날아오르는 듯한
하얀 미소,
구릿빛 발,
땅의
사람들,
트럼프의 킹처럼
위엄 있는
원주민들.

그들의 얼굴 위로
숱한 연기가,
옥수수와 담배,
물하고만
말을 주고받았던
숱한
침묵이 떨어졌고,
그들은 자신들의 가시투성이
영토에서조차
폭정에 위협당하거나
혹은 해안에서
산물을 강탈하며

대지를 유린한
미국 침략자들에게 위협당했다.

그리고 이제
아레발로•가 그들을
위해 한 줌의 흙을
들어 올리고 있었다,
단지 배아 상태의
흙먼지 한 줌을, 그렇다,
그뿐이다, 과테말라여,
대지의
향기로운
한 뼘 조각,
가난한 사람들을 위한
씨앗 몇 개,
농부들을 위한
쟁기.
그래서

• Juan José Arévalo(1901-1990). 과테말라의 정치가. 전통적 마르크스주의 사상에 반대했지만, 대통령 재임(1945-1951) 중 공산당을 합법화하고 노동기본법과 사회보장제도를 추진하는 등 진보 정책을 이끌었다.

아르벤스•가
정의를 선포하고
토지와 함께 소총을 나눠 주었을 때,
봉건적인
커피 농장주들과
시카고의 투기꾼들이
대통령궁에서
압제적인 꼭두각시가 아니라
한 사람의 인간을
발견했을
때,
바로 그때
분노가 일었고,
성명서가
신문을 가득 메웠다:
과테말라가 불타고 있었다.
과테말라는 불타지 않았다.
위로는 억겁 세월의

• Jacobo Arbenz Guzmán(1913-1971). 과테말라의 군인이자 정치가. 혁명을 통해 집권한 후 농지개혁을 단행하였으나 미국 정부를 자극한 결과가 되었다. 1954년 미국의 지원을 등에 업은 카스티요 아르마스 주동의 무력 침공으로 멕시코로 망명했다.

눈길처럼
고요한 아마티틀란호,
햇빛과 달빛을 받아 반짝이고,
둘세강은
아메리카의 태고의 향기로부터
원시의 물을,
물고기와 새를,
밀림을,
맥박을
실어 날랐다,
산정의 소나무들은
소곤거렸고,
모래나 밀가루처럼
소박한 민중은
난생처음,
얼굴을 마주 보고
희망을 맛볼 수 있었다.
과테말라여,
오늘 너를 노래한다,
오늘 과거의 불행을
그리고 너의 희망을 노래한다.
너의 아름다움을 노래한다.

그러나 내 사랑이 너를
지켜 주었으면 좋겠다.

산디노[•]를 매장하기 위해 팠던 그
무덤을 너를 위해 준비하는 자들을
알고 있다.
그들을 안다. 사형집행인들에게
자비를 바라지 마라.
어부들을 살해하고,
섬의 물고기들을 죽이며
그들은 오늘 만반의 준비를 갖춘다.

그자들은 냉혹하다. 그러나
과테말라여, 너는
주먹이다, 씨앗을 가진
아메리카의 한 줌 흙먼지다,
작은 한 줌의
희망이다.

• Augusto César Sandino(1895-1934). 니카라과의 혁명가. 반제국주의와 민족주의에 입각하여 미 제국주의에 맞서 투쟁했으며, 1979년 소모사 독재 정권을 전복한 '산디니스타민족해방전선(FSLN)'은 그의 이름에서 유래했다. 2010년 니카라과 의회는 그를 '국가 영웅'으로 선포했다.

그것을 지켜라, 우리를 지켜라,
우리는,
오늘은 단지 나의 노래와 함께,
내일은 나의 민중 나의 노래와 함께
너에게 가
"여기 우리가 왔다."고 말하리라,
작은 누이여,
뜨거운 심장이여,
너는
암울한 때에
아메리카의 영예요, 긍지요
위엄이었기에,
우린 이제 너를 지키기 위해
피 흘릴
각오가 되어 있다.

실을 기리는 노래 Oda al hilo

이것은 시(詩)의
실이다.
사건들이 양처럼
검거나
혹은 흰
양털을
싣고 간다.
그것들을 불러라, 그러면 올 것이다
경이로운 무리들,
영웅들과 광물들,
사랑의 장미,
불의 목소리,
모든 것이 네 곁으로 오리라.
네 앞에 네 마음대로 할 수 있는
산이 하나 있다,
네가 말을 타고 산을
넘기 시작하면
너의 수염이 자라고
넌 바닥에서 잠들리라,
넌 허기를 느낄 테고
산속은 온통
어둠이리라.

그렇게는 산을 넘을 수 없다,
그것으로 실을 자아야 한다,
실 한 올을 띄우고,
그걸 잡고 올라라:
그것은 숱한 곳으로부터
순수하게 끝없이 생겨난다,
눈(雪)으로부터,
인간으로부터,
갖가지 쇠붙이로 만들었으니
그것은 단단하고,
연기가 몸을 떨며 그렸으니
연약하다,
시(詩)의 실은
무릇 그러하다.
그것을 다시
헝클어,
또다시 시간과 대지와
뒤섞을 필요는 없다.
오히려,
그건 너의 현이다,

그것을 너의 치터•에 묶어라,

그러면 낭랑한 산의
입으로 말하리라,
그것을 세 가닥으로 땋아라,
그러면 배의
닻줄이 되리라,
그것을 풀어
메시지를 매달아라,
전기를 통하게 하고,
바람에, 거친 날씨에
건네주어라,
다시, 가지런한
하나의 긴 선으로
세상을 휘감도록,
아니면, 요정들의
망토를 기억하며,
가늘게, 아주 가늘게,
바늘에 꿰어라.
우리에겐 긴 겨울을 날
담요가 필요하다.
저기

• 남독일과 오스트리아의 민속 현악기. 평평한 공명 상자에 30-45개의 선율현과 반주현이 매어 있으며 손가락으로 퉁겨서 울린다.

농부들이 온다,
시인을 위해
암탉 한 마리, 달랑
빈약한 암탉 한 마리를
가져오고 있다.
넌 그들에게 뭘 주려나,
그들에게 뭘 주려나?
지금,
당장,
실을,
가진 거라곤
누더기뿐인 사람들을 위해
옷이 될,
어부들을 위해
그물이 될,
화부(火夫)들을 위해
진홍색
셔츠가
될,
모두를 위해
깃발이 될
실을 건네어라.

사람들 사이에,
돌처럼 무거운
그들의 고통 사이에,
벌처럼 날개 달린
그들의 승리 사이에,
바로 그곳에 실이 있다
지금 일어나고 있는 일과
앞으로 다가올 일의
한가운데에,
땅속
석탄들 사이에,
지상의
참혹함 속에,
사람들과 함께,
너와 함께,
너의 민중과 함께,
실,
시(詩)의
실이 있다.
곰곰이 생각할
일이 아니다:
명령이다,

너에게 명하건대,

팔로 치터를 감싸고,

나와 함께 가자.

수많은 귀가

기다리고,

가공할 심장이

땅에

묻혀 있다,

우리의

가족, 우리의 민중이다.

실!

실!

실을 어두운 산에서

꺼내자!

번갯불을 흘려보내자!

깃발을 쓰자!•

시(詩)의 실은

무릇 그러하다,

단순하고, 성스럽고, 전기가 흐르는,

꼭 필요한, 향기로운 존재,

• 원문에서 '(글을) 쓰다.'는 의미의 'escribir' 동사를 사용하고 있다.

그리고 그것은 우리의 빈약한 손에서 끝나지 않는다:
날마다 새로운 빛에 되살아난다.

소박한 사람을 기리는 노래 Oda al hombre sencillo

내가 누군지
남몰래 말해 주겠다,
그러면 넌 큰 소리로,
네가 누군지 말해 주겠지,
난 네가 누군지 알고 싶다,
돈은 얼마나 버는지,
어느 작업장,
어느 광산,
어느 약국에서 일하는지,
그것을 알아야 할,
그 모든 것을 알아야 할,
밤낮없이 알아야 할,
네 이름까지 낱낱이 알아야 할,
커다란 의무가 내게 있다.
그것이 내가 하는 일이다,
하나의 삶을 아는 것으로는
충분치 않다,
그렇다고 모든 삶을
알 필요는 없다,
넌 알게 되리라,
핵심에 다가가야 함을,
속속들이 파헤쳐야 함을

그리고 천 조각에서
선들이 색깔로
직물의
무늬를 감추듯,
난 색깔을 지우고
더 깊은 질감을
찾아낼 때까지 뒤지고 또 뒤진다,
또한 그렇게 사람들의
일치를 만난다,
그리고 빵에서
모양 너머의 것을
찾는다,
난 빵이 좋다, 빵을 베어 문다,
그러면
밀이,
이른 밀밭이,
봄의 초록 형상이,
뿌리들이, 물이 느껴진다,
그래서
난 빵 너머로,
대지를 본다,
대지의 일치를,

물을,
사람을,
그렇게 모든 것에서
너를 찾으며
온갖 시도를 다한다,
마침내 너를 찾을 때까지
걷고, 헤엄치고, 항해한다,
그러고는 너에게 묻는다,
이름이 뭔지,
거리와 번지수는 어떻게 되는지,
네가 내 편지를
받을 수 있도록,
내가 누구이고 돈은 얼마나 버는지,
어디에 사는지,
그리고 내 아버지는 어떤 분이셨는지
너에게 말할 수 있도록.
내가 얼마나 소박한 사람인지,
네가 얼마나 소박한 사람인지 넌 안다,
복잡한 것과는
거리가 멀다,
난 너와 함께 일하고,
넌 살아가고, 이쪽저쪽을

오간다,
아주 단순하다:
넌 삶이고,
넌 물처럼
투명하다,
나도 그렇다,
나의 의무는 그렇게
투명해지는 것,
매일
몸과 마음을 가다듬는다,
날마다 네가 어떻게 생각할지
헤아리며 머리를 빗고,
네가 걷는 대로
걷는다,
네가 먹는 대로 먹고,
네가 애인을 품에 안듯
내 사랑을 품에 안는다,
이윽고
이것이 분명해졌을 때,
우리가 똑같아졌을 때,
나는 쓴다,
너의 삶과 나의 삶으로,

너의 사랑과 나의 숱한 사랑으로,
너의 모든 고통으로 쓴다,
그러면
우리는 이미 달라져 있다,
그건 내가 오랜 친구처럼,
네 어깨에 손을 얹고
네 귀에 속삭이기 때문:
괴로워 마라,
이제 그날이 오리라,
가자,
나와 함께 가자,
널 닮은 사람들과
모두 함께
가자,
가장 소박한 사람들과 함께
가자,
괴로워 마라,
나와 함께 가자,
넌 모를지라도
난 그걸 알기 때문,
우리가 어디로 가는지 난 알고 있다,
이것이 내가 하고 싶은 말이다:

괴로워 마라
우리 승리하리니,
승리하리니 우리,
가장 소박한 사람들아,
우리 승리하리라,
네가 믿지 못할지라도,
우리 승리하리라.

불안을 기리는 노래 Oda a la intranquilidad

불안의 어머니여, 난 네 가슴에서
짜릿한 전기의 젖을 빨아먹었다,
따끔한 교훈을!
내게 움직임을 가르친
것은 달이 아니었다.
배의
정적인 항해를
지탱하는 것은 불안이다,
엔진의 진동은 날개의
부드러움을 결정하고
벌의 이름난 초조함이 없다면
꿀은 꽃부리에서 잠들리라.
난 어떤 고독으로도
도망치고 싶지 않다.
나의 말이 사람들을 속박하기를
원치 않는다.
난 원치 않는다,
조수 없는 바다, 인간
없는 시,
사람이 살지 않는
그림, 바람 없는
음악!

밤도 그 아름다움도
불안하다,
온 세상이 밤의
깃발 아래서 고동치고
태양은
불타는 움직임,
환희의 돌풍!
별들은
연못에서 썩어 가고
순수는 폭포에서
노래한다!
불안한 이성이
바다를 열었고,
혼돈에서 건물을
탄생시켰다.
도시는 불변하지
않으며, 너의 삶도
죽음의 물질을 손에 넣지 못했다.
여행자여, 나와 함께 가자.
우리는
대지의 은총에 장대함을 더하리라.
이삭을 바꾸리라.

매질당한 아득한
심장에 빛을 가져가리라.
나는 믿는다,
불안한 봄 아래에서
열매의
빛살이
바닥나고,
농익은 향기가
널리 퍼지고,
움직임이 죽음과 싸울 것임을.
이렇게 영예로운 열매의
달콤함이,
대지에서 입술을 일으켜 세우는
불안한 빛의 승리가
너의 입에 도착한다.

겨울을 기리는 노래 Oda al invierno

겨울이여, 우리 사이에
무언가가 있다,
비를 맞고 있는 언덕들,
바람을 가르는
질주,
너의 옷,
너의 강철 셔츠,
너의 젖은 바지,
너의 투명한 가죽 벨트를
차곡차곡 쌓아 놓은 창문들.
겨울이여,
다른 이들에게
넌 방파제의
안개,
울부짖는 망토,
흰 장미,
눈(雪)의 꽃부리,
겨울이여, 내게
넌
한 마리 말,
너의 콧등에서 안개가 피어오르고,
너의 꼬리에서

빗방울이 떨어진다,
너의 갈기는
전기의 돌풍,
행인에게
진흙을 튀기며
넌 끝없이
질주한다,
우린 바라보았고
넌 지나쳐 갔다,
우린 네 얼굴을 볼 수 없다,
우린 알지 못한다,
너의 눈이 바닷물로
빚어졌는지, 아니면 산맥의 물로
빚어졌는지, 넌 번개의
머리카락처럼
지나쳐 갔다,
나무 한 그루가 상처를 입었다,
나뭇잎들은
땅 위에
쌓였고,
둥지들은
누더기처럼

높이 매달려 있었다,
그사이 넌 꺼져 가는
행성의 빛 속으로 질주했다.

그러나 넌 차갑다, 겨울이여,
지붕 위
너의 검은 눈(雪)과
물의 송이들
바늘처럼
집들을
꿰뚫고,
녹슨 칼처럼
상처를 낸다.
그 무엇도
널 멈추지 못한다.
기침 발작이
시작되고, 아이들은 젖은 신발을
신고 밖으로 나간다,
침상 위의 신열은
마치
죽음을 향해 항해하는
배의 돛,

불타는
가난한 사람들의 도시,
미끄러운
탄광,
바람의 전투 같다.

겨울이여,
그때부터, 난
구멍 난 네 옷을,
네가 애원하고
탄식할 때
아라우카리아 숲속 너의
경적 소리를 알고 있다,
미친 빗줄기 속 돌풍이여,
풀어헤쳐진 천둥
혹은 눈의 심장이여.

인간은
모래 위에서 거대해졌고,
악천후로 뒤덮였다,
소금과 태양이
새로운 욕객(浴客)의 몸에

얼룩진 비단옷을 입혔다.
그러나
겨울이 오면
인간은
장례 우산을 쓰고
걸어가는
작은 실꾸리가 된다,
물이 스미지 않는 날개를
뒤집어쓴 채,
축축하게 젖고
빵 부스러기처럼
부드러워진다,
교회에 가거나
멍청한 애도의 글을 읽는다.
그사이,
위쪽,
떡갈나무 사이에서,
설원의 정상에서,
해안에서,
너는 군림한다,
너의 검으로,
얼어붙은 너의 바이올린으로,

너의 거친 가슴에서
떨어지는 깃털들로.

언젠가
우리는 서로를 알아볼 것이다,
너의 아름다움의
무게가
사람의 머리 위로
떨어지지 않을
때,
더 이상 네가 내 형제의
지붕에
구멍을 내지
않을 때,
너에게 물어뜯기지 않고
내가 너의 순백의 공간
맨 꼭대기에 다다를 수 있을
때,
난 사슬 풀린 너의
왕국에 인사하며 지나가리라.
너의 물을
신뢰하게 될 것이기에

나는 유년기의
바로 그 빗줄기 아래에서
모자를 벗을 것이다:
물은 세상을 씻고,
종잇장을 가져가고,
일상의 자잘한
불결함을 짓뭉갠다,
너의 물은 씻는다,
대지의 얼굴을
씻는다,
그리고 봄이
잠자는
바닥까지
내려간다.
너는 봄을 흔들고, 봄의
투명한 다리에 상처를 입힌다,
너는 봄을 깨우고, 봄을 적신다,
봄은 이제 일하기 시작한다,
낙엽을 쓸고,
향기로운
물건들을 그러모으며
나무들의

계단을 올라간다,
그리고 불현듯 저 높이
모습을 드러낸다,
예전의 녹색 눈에
새 드레스를 입은
봄이.

실험실 연구자를 기리는 노래 Oda al laboratorista

눈에 띄지 않는
사람이 있다,
유능한 키클롭스•의
외눈으로
들여다본다,
피나
물방울 같은,
미소한 물체들을,
들여다보고
기록하거나 혹은 계산한다,
거기 방울 속에서
우주가 순환하고,
작은 강처럼
은하계가 몸을 떤다,
남자가
들여다보다가
메모한다,
핏속의
미세한 붉은 점들,
궤도를 움직이는
행성들

• 『오뒷세이아』에 나오는 외눈박이 식인 거인.

혹은 가공할
백색 부대의 침략,
외눈의
남자는
그곳에 틀어박혀
메모하고,
기록한다,
생명의 화산,
창공처럼 가물거리는
정액,
떨리는
날랜 보물,
인간의 작은 씨앗들이
어떻게 나타나는지,
이윽고
그 창백한 원 안에서
오줌
한 방울이
호박(琥珀)의 나라들을 보여 주거나
혹은 네 살 속에서
자수정의 산,
흔들리는 초원,

녹색의 별자리를 드러낸다,
그러나
그는 메모하고, 기록하고,
찾아낸다,
하나의 위협,
갈라진
하나의 점,
하나의 검은 비구름을,
그것을 식별해 내고, 그 개요를
확인한다,
이젠 달아날 수 없다,
곧
너의 몸속에서 사냥이,
실험실 연구자의
외눈에서 시작된
전투가 벌어질 것이다:
밤일 것이고, 어머니
옆엔, 죽음,
아이 옆엔, 보이지 않는
공포의 날개들,
상처 속의 전투,
모든 것은

그 남자와 함께,
피의
하늘에서
악마의 별을
찾던
그의 외눈과 함께
시작되었다.
그곳에서 하얀 가운 차림으로
그는 계속
찾고 있다
기호를,
숫자를,
죽음
혹은 생명의
색깔을,
고통의
결을
판독하고, 열병의
표지 혹은 인간
성장의 첫 징후를
밝혀 내면서.
이윽고

정체 모를
발견자,
너의 혈관을 여행했던
혹은 너의 내장의
남쪽 혹은 북쪽에서
가면 쓴 여행자를
적발했던
남자,
무시무시한 외눈박이
남자가
못걸이에서 모자를 내려,
머리에 쓴다,
담배에 불을 붙이고
밖으로 나간다,
거리로 접어들어,
걸음을 옮기고, 그곳을 벗어나,
빽빽한 인파 속으로 합류한다,
그리고 마침내 모습을 감춘다,
용처럼,
실험실의
방울 속에 잊힌 채
순환하는 작은 괴물처럼.

레닌그라드를 기리는 노래 Oda a Leningrado

부드러워라 너의 순수한 돌,
드넓어라 너의 하얀 하늘,
아름다워라
회색빛 장미, 광활해라
레닌그라드,*
내 구두는
얼마나 평온하게
너의 옛 땅을 밟았던가,
그 구두는
다른 땅에서,
순결한 아메리카에서 왔다,
나의 두 발은 밟았었다,
산정에서
샘의 수렁을,
조국의
거대한 산맥에서
형언할 수 없는 향기를,

---

* 상트페테르부르크의 옛 지명. 제정 러시아 때는 '페테르부르크'라는 이름으로 불렸고, 1914년에 '페트로그라드'로 개칭되었다가, 1924년 레닌이 죽은 뒤 그를 기념하여 '레닌그라드'로 불렸다. 1991년 옛 이름인 상트페테르부르크를 되찾았다. 20세기에는 노동운동 및 공산혁명 운동의 무대로 부상했으며, 세계 최초의 공산주의혁명이 성공을 거둔 곳이기도 하다.

나의 구두는
디뎠다,
다른 눈(雪),
험준한 안데스의
돌풍을,
그리고 지금,
레닌그라드여,
너의 눈(雪),
너의 이름 높은
하얀 그림자,
흰 물결에 계단이
잠기는 강,
너에게 순백을 건네는
복숭아나무 가지 같은 빛을 밟는다,
오 배여,
겨울 속을 항해하는,
흰 배여,
얼마나 많은 것들이
나와 함께
살고,
움직였던가,
내가 네 밧줄과

네 돌 돛 사이를
걸었을 때,
책에서 알게 된
거리에 발을 디뎠을 때,
안개와 바다의
정수가 나를 가득 채웠다,
젊은 푸시킨이
장갑 낀 손으로
내 손을 잡았고
나의 아메리카의
심장은
과거의 장엄한 건축물 속으로,
새로운 삶의
벌집 속으로
들어갔다,
경의와 기쁨으로
고동치며,
마치
눈에 싸여 잠자고 있던
존재들이 깨어나
갑자기 나와 함께
걷기 위해 온 것처럼,

내 발걸음의
메아리에 귀 기울이며,
갑판 위를 밟듯
침묵을 힘껏 밟으며.

저 멀리
얼마나 많은
옛 밤들이 있나:
나의 책,
섬의 하늘에서
칠로에[*] 바다로 쏟아지던
비,
그리고 지금
나와 동행하고 있는
똑같은
흰 그림자,
네토치카 네즈바노바,[**]
잠자고 있는, 드넓은
네프스키 대로,[***]

* 칠레 남부 로스라고스주에 있는 섬.
** 도스토예프스키의 동명 미완성 소설의 주인공.
*** 상트페테르부르크에 있는 번화가로 '네바강의 거리'란 뜻이다.

목 멘 합창
그리고 잃어버린 바이올린.
오랜 시절, 창백한
오랜 고통,
이곳에 살았던, 다른
도시 출신의 끔찍한 존재들,
피 흘린 고통,
파리한
연무와 눈(雪)의
장미,
네토치카 네즈바노바,
안개 속의,
눈 속의,
둔한
움직임,
간헐적인
고통,
우물 같은
삶들,
영혼,
눈먼 물고기들의
늪지,

영혼,
잠든 알코올의
호수,
갑자기
한밤중에
헛소리를 지껄이는
정신 나간
창문들,
악마의
꼬리에
칭칭 감기는
외줄
소나타,
오래도록 노래하고
이야기된
범죄들.
차가운 새벽에 영광을!
세상이 바뀌었다!
밤이다,
밤의
투명한 고독,
내일

낮은
노래와 상기된
얼굴들로 넘쳐 나리라,
새로운
기쁨의
배로
항해하는
존재들로,
불타는 작업장을
두들기는 손들로,
흰 빛을
증폭하는 셔츠로,
황금의 빵처럼
학교들이 뜻을 모아
함께 나눈 일들로,
그렇다,
이제
책 속의
고독한 존재들이
와서 나의 동행이 된다,
그러나
고독은 오지 않는다,

존재하지도 않는다,
그들은 삶의
꽃부리에서
불타고,
노동의
조직화된
위엄을
경험한다,
오랜 고뇌가
그 페이지들을 갈라놓았다,
폭풍우를
뿌리치면서, 바람에
비스듬히 누운 나무처럼,
지금
청동 말과
기사는
여행을 떠나려는 순간이 아니다,
그들은 돌아왔다,
네바는 떠나지 않는다,
금빛 소식을 가지고,
은빛 음절들을 가지고
도착하고 있다.

옛
인물들은
높은 연기 모자를
쓰고,
안개에
싸여
가 버렸다,
강가에서
손수건에 얼굴을 묻고 흐느끼던,
눈(雪) 속에 새겨진
여인들,
다른 곳으로 옮겨 갔고,
책에서 추락했다,
그리고 손에 도끼를 들고
기다리던
실성한 학생들은
한 노파의
문으로
달려갔다,
광적인 사제들의
세상과
술잔 속에서 죽은 너털웃음,

천진무구함을 강탈한
썰매들,
눈 위의 피와 검은 늑대들,
그 모든 것들은
책에서 추락했고,
악몽처럼
삶에서 도망쳤다,
지금
원형 지붕에서 상현달의
반지가
미끄러지고,
또다시 휘영청 밝은
밤이
도시와 함께
항해한다,
두 개의 무거운 닻이
해군 성의 정문으로
올라갔다,
레닌그라드가 항해한다,
역사가
민중의 발로

겨울궁전•의
층계를 올라갔을 때,
차가운 그림자들,
질겁해
뿔뿔이 흩어졌다.
그 뒤 도시에
전쟁이 도착했다,
걸신들린 듯이 이빨로
옛 아름다움을
파괴하고,
잿빛 돌과 눈(雪)과
피의
케이크를 먹어 치우며,
전쟁이,
담벼락 사이에서 휘파람을 불며,
사내들을 데려가고,
아이들을 염탐하며,
전쟁이,
빈 자루와
가공할 북을 가지고,

• 격동적인 역사의 진원지로서 예술적, 역사적 중요성으로 인해 상트페테르부르크에서 가장 유명한 건축물의 하나로 꼽힌다.

전쟁이,

깨진 유리와

추위 속에서 뻣뻣하게 굳은,

침상의

죽음과 함께,

전쟁이.

그리고 드높은 용기,

전나무보다 더 높고,

거대한 원형 지붕보다

더 둥글고,

고요한 기둥들

처럼

꼿꼿한 용기,

돌의

대칭처럼

육중한

저항,

눈(雪)에

둘러싸여

활활 타오르는 불꽃같은

기백은

소비에트의

심장
레닌그라드의,
백절불굴의
불길
이었다.
그리고 오늘 모든 것은 살아
잠잔다,
레닌그라드의
밝은 궁전들과
둘러친 철책,
순결한 처마 장식,
옛 광채
만
덮는 것도,
모터와
산뜻한
무수한 집들만을,
올곧고 넉넉한
삶,
세상의 건설만을
덮는 것도 아니다,
밤이, 밝은 그림자가

낮처럼,

물의 냄새처럼,

옛 밤과 결합되었다,

거인 표트르와 거인

레닌이

일체가

되었고,

시간이

한 송이 장미,

무적의 탑을 빚어냈다.

땅에 묻힌

불

냄새,

단단한 꽃의 냄새가 난다,

시간을 초월한 생생한 피가

거리를 순환한다,

지나간 시간과

다가올 미래가

광대한 장미 속에서

결합되었다,

배가

항해한다,

북쪽의 잿빛 탑이
향기를 발한다,
눈의 왕국의
널찍한 하늘빛의, 견고한 탑,
그림자가 아닌
그 피의 위대함이
거처하는 곳,
그 역사의
바다 기질에 의해
완성된,
민중의 회합을 위한
이름난 홀처럼
일체의 아름다움으로
쌓아 올린,
당당하게 빛나는 탑이.

책을 기리는 노래 1 Oda al libro I

책이여, 너를 닫을 때
나는 삶을 연다.
항구에서 들려오는
간헐적인 외침에
귀를 기울인다.
구리 잉곳이
모래밭을 가로질러,
토코피야•로 내려간다.
밤이다.
섬들 사이에서
우리의 대양은
물고기들과 함께 고동친다.
내 조국의
발과 허벅지,
석회질의 갈비뼈를 만진다.
밤새도록 물가에 들러붙어 있다가
기타가 잠에서 깨어나듯 노래하며
하루의 햇살과 함께
아침을 맞는다.

• 칠레 북부 안토파가스타주에 있는 해안 도시. 네루다는 1945년 이 지역에서 상원 의원에 당선되면서 본격적으로 정치에 입문했다.

대양의 너울이
날 부른다. 바람이
날 부른다,
로드리게스가,
호세 안토니오가 날 부른다,
'광산' 노조에서
전보를 받았다
그리고 사랑하는 그녀가
(이름은 말하지 않겠다)
부칼레무•에서 날 기다리고 있다.

책이여, 넌 나를 종이에
쌀 수 없었다,
넌 활판과
천상의 인쇄로
나를 채우지 않았다,
넌 내 눈을
제본하지 못했다,
난 너에게서 나가 내 노래의
목쉰 피붙이들과 함께 숲에 살리라,

• 칠레 중부 오히긴스주에 있는 소도시.

이글거리는 쇠붙이를 가공하거나
산속 불 옆에서
구운 고기를 먹으리라.
난 탐험서,
숲 혹은 눈(雪),
심해 혹은 하늘을 가진
책을 사랑한다,
그러나
주위의 어린
파리가 휘감기도록
생각이 독 묻은
철삿줄을 쳐 놓은
거미 책은
증오한다.
책이여, 날 자유롭게 내버려 다오.
책자를 몸에 걸치고
싶지 않다,
난 책에서 오지 않았다,
나의 시는
시를 먹어 치우지 않았다,
격정적인 사건들을
삼키고,

악천후를 섭취하고,
땅과 사람들에게서
양식을 구한다.
책이여, 먼지투성이 신발을
신고 허황된 믿음 없이
길을 걷게 내버려 다오:
넌 도서관으로 돌아가렴,
난 거리를 걸으리니.

난 삶에서
삶을 배웠고,
단 한 번의 입맞춤에서 사랑을 배웠다,
내가 살아온 삶 말고는
그 누구에게도 아무것도 가르칠 수 없었다,
내가 다른 이들과 공유했던 모든 것,
그들과 함께 투쟁했던 모든 것:
나의 노래에서 모두에 대해 표현한 모든 것 말고는.

책을 기리는 노래 2 Oda al libro II

아름다운
책,
책,
자그마한 숲,
한 장
한 장,
너의 종이에선
원소(元素)의
향기가 난다,
넌
아침이면서 밤이고,
곡물,
대양이며,
너의 옛 페이지들에서는
곰 사냥꾼,
미시시피강 가장자리의
모닥불,
섬들을 오가는
쪽배,
나중에는
수많은
길들,

계시,

봉기한

민중들,

수렁에서 팔딱이는

상처 입은 핏빛

물고기 같은 랭보,

그리고 형제애의

아름다움,

하나하나 돌을 쌓아

인간의 성(城)이 세워진다,

단호함,

연대의 행동과

뒤섞이는 고통,

주머니

마다

숨겨진

책,

비밀

램프,

붉은 별.

우리

나그네
시인들은
세상을
탐사했다,
문을 두드릴 때마다
삶이 우리를 맞았고,
우린 지상의 투쟁에
참여했다.
우리의 승리는 무엇이었나?
한 권의 책,
인간적 접촉으로,
셔츠로
가득한 책,
고독은 없고, 사람과
연장은 있는
책,
한 권의 책은
승리다.
모든 열매가 그렇듯
살다가 스러진다,
빛만 가진 것도,
그림자만

가진 것도 아니다,
불이 꺼지고,
낙엽이 지고,
거리에서
길을 잃고,
땅에 쓰러진다.
아침의
시집은,
다시
새로이
너의 페이지들에
눈(雪) 혹은 이끼를 갖게 되리라,
발자국
혹은 눈(目)이
흔적을
새겨 갈 수 있게:
다시 한번
우리에게 세상을 그려 다오,
무성한 수풀 사이
샘들,
까마득한 숲,
극지의

행성들
그리고 길 위의,
새로운 길 위의
인간,
밀림 속으로,
물속으로,
하늘로,
벌거벗은 바다의 고독 속으로
전진하는,
궁극의 비밀을
발견하는
인간,
책과 함께
돌아오는
인간,
책과 함께
귀환하는 사냥꾼,
책과 함께
밭을 가는
농부.

비를 기리는 노래 Oda a la lluvia

비가 돌아왔다.
하늘에서 돌아온 것도
서쪽에서 돌아온 것도 아니다.
나의 유년기에서 돌아왔다.
밤이 열리자, 천둥이
밤을 뒤흔들고, 소리가
고독을 쓸어갔다,
그리고 그때
비가 도착했다,
나의 유년기의
비가 돌아왔다,
처음엔
성난
돌풍 속에서,
나중에는
어느 행성의
젖은
꼬리처럼,
비는
타닥타닥 끝없이 타닥타닥
끝없이
썰매,

한밤중
검은 꽃잎들의
굼뜬 부딪힘,
갑자기
잎사귀를
바늘로 찔러
벌집을 만드는
세찬 빗줄기,
어느 때는
침묵 속으로
떨어지는
폭풍우의
망토,
비,
머리 위에 펼쳐진 바다,
벌거벗은,
싱싱한 장미,
하늘의 목소리,
검은 바이올린,
아름다움,
어릴 적부터
널 사랑했다,

네가 선해서가 아니라
네가 아름답기 때문.
난 해진 신발을 신고
길을 걸었다,
그사이 내 머리
위에선 재갈 풀린
하늘의 실들이
풀어졌고,
내게 그리고 뿌리들에게
가져왔다,
산정의
소식을,
축축한 산소,
숲의 자유를.
난 안다,
너의 만행,
지붕에 난
구멍,
가난한 이들의
방에
뚝뚝 떨어지는
빗방울:

그곳에서 넌 아름다움의
가면을 벗는다,
하늘의
흉갑
처럼,
투명한
유리 단검처럼,
넌 적대적이다,
난 그곳에서
정말 너를 알게 되었다.
그러나
사랑에 빠진
나는
계속
네 사람이었고,
밤이면
살포시 눈을 감고
네가 세상 위로
떨어지길 기다렸다,
오직 나의 귀만을 위해
노래하길 기다렸다,
그건 내 심장이 대지의

모든 발아를 간직했고
그 속으로 쇠붙이들이 뛰어들고
밀이 고개를 내밀기 때문.
너를 사랑함은, 그러나,
나의 입에
씁쓸함을 남겼다,
씁쓸한 회한의 뒷맛을.
어젯밤만 해도
이곳 산티아고에서
누에바 레구아[•]의
마을들이
붕괴되었고,
빈민가의
가옥들,
켜켜이 쌓인
치욕의 조각들이
너의 발걸음의 무게에
쓰러졌다,
아이들은
진창에서 울부짖었고,

• 수도 산티아고 남쪽에 위치한 구역.

그곳에선 매일같이
젖은 침대 위에,
으스러진 의자,
아낙들,
화톳불, 조리대,
그사이 너, 적대적인,
검은 비는,
우리들의 불행 위로
계속 쏟아져 내렸다.
난 믿는다,
우리가 달력에 기입하게 될,
어느 훗날,
꿈나라에 빠진 사람들,
잠든 모든
이들이,
견고한 지붕,
튼튼한 지붕을 갖게 될 것임을,
한밤중에
비가
나의 유년기에서
돌아오면
다른 아이들의

귓가에서 노래하리라,
세상에 울려 퍼지는
비의 노랫소리
경쾌하리라,
넌 또한 부지런한
무산자,
눈코 뜰 새 없이 바쁠 것이다,
산과
초원을 기름지게 하고,
강에 힘을 불어넣으며,
산속에서 길을 잃은,
맥 풀린 개울을
단장하고,
폭풍우 이는
설원의
얼음 속에서
일하며,
가축의
등에 올라타 달리고,
봄철 밀의
새싹에게 용기를 불어넣으며,
숨은 편도 열매를

씻고,
대지의 준비 속에서
손으로 그리고 실로,
힘차게,
때로는 달아나듯 소심하게
일하며.

어제의
비,
오 론코체[*]와 테무코[**]의
애처로운
비여,
노래하라,
노래하라,
지붕 위에서,
나뭇잎들 위에서 노래하라,
차가운 바람 속에서 노래하라,
노래하라, 나의 심장에서, 나의 믿음 속에서,
나의 지붕에서, 나의 혈관에서,

---

* 칠레 중남부 아라우카니아주에 위치한 도시. 테무코에서 남쪽으로 84킬로미터 떨어져 있다.
** 아라우카니아주의 주도. 네루다는 이곳에서 유년기를 보냈다.

나의 삶 안에서,
이제 네가 두렵지 않다,
너의 노래 나의
노래 함께 부르며
대지를 향해
흘러내려라,
우리 둘은 씨앗들 속에서
할 일이 있고
노래하며 우리의 의무를
함께 나누기 때문.

목재를 기리는 노래 Oda a la madera

아, 내가 알고 있고 또
알아볼 수 있는 모든 것들 중에서
모든 사물들
중에서
최고의 친구는
목재다.
난 몸속에, 옷에,
제재소의
향기,
붉은 판자 내음을
지니고 세상을 떠돈다,
어린 시절
나의 가슴, 나의 감각은
미래의 건축물이
빼곡히 들어찬 거대한 숲에서
쓰러지던 나무들에
흠뻑 젖었다.
사람들이 커다란
낙엽송,
40미터나 되는 키 큰 월계수를
내리칠 때 나는 귀를 쫑긋 세웠다.
도끼와 왜소한

벌목공의 허리가
돌연 당당한 나무 기둥을
내리찍는다,
인간이 승리하고 향기로운
기둥은 쓰러진다,
땅이 흔들리고, 먹먹한
천둥소리, 뿌리들의
검은 흐느낌, 그리고 이윽고
숲 내음의
물결이
나의 감각을 가득 채웠다.
나의 유년기에, 축축한 땅 위에서
있었던 일이다, 아득한
남부의 밀림에서,
향기로운, 녹색
다도해에서,
나와 함께
태어나고 있었다, 대들보가,
무쇠처럼 단단한
침목이,
낭랑한 얇은
판자들이.

톱은 강철 같은 사랑을
노래하며
서걱서걱 소리를 냈다,
예리한 날은
분만하는 어머니처럼
숲의 빵을
자르며 톱의
금속성 탄식을 토해 내고,
마침내 빛에
둘러싸여 출산했다,
밀림은
자연의
내장을 갈기갈기 찢고,
나무 성(城),
사람을 위한 주택,
학교, 관,
탁자, 도끼 자루를
낳았다.
그곳 숲속에서는
모든 것이
젖은 나뭇잎 아래
잠들어 있었고,

그때
한 사내가
허리를 뒤틀며
도끼를 치켜들어
나무의 순결한
장엄을 찍기
시작하고
이윽고 나무가
쓰러진다,
거기 사람의 손에서,
구조물이,
형태가, 건물이
태어나도록
우렛소리와 향기가 쓰러진다.
난 너를 알고, 너를 사랑한다,
난 네가 태어나는 것을 보았다, 목재여.
그러므로
내가 널 만지면
넌 사랑하는 사람의 몸처럼
나에게 반응하고,
나에게 보여 준다,
너의 눈과 너의 결,

너의 마디, 너의 혹,
움직이지 않는 강 같은
너의 줄무늬를.
난 안다,
그것들이
바람의 목소리로
무엇을 노래했는지,
폭풍우 몰아치는 밤,
밀림 속을 질주하는
말발굽 소리에
귀 기울인다,
죽은 듯 보였던
향기와 불을
내게 건네며
오직 나만을 위해 부활한
마른 장미라도 되는 양
너를 만지고 너를 벌린다.
음란한 그림
아래
어슴푸레 너의 숨구멍이 보인다,
넌 목이 메어 나를 부르고
난 네 목소리를 듣는다,

나의 유년기에 그늘을 드리웠던
나무들이
몸을 흔드는 게
느껴진다,
나는 본다,
대양과 비둘기들의
비행처럼,
책의 날개들이,
인간을 위한
내일의
종이,
톱질 소리와 함께,
빛과 소리와 피를
갈기갈기 찢으며
오늘 태어나고 있는,
그리고 내일 존재할,
순결한 사람을 위한 순결한 종이가
너에게서 나오는 것을.
시간의
제재소에서,
어두운 밀림이
떨어지고, 어둠에 싸여

인간이
태어난다,
검은 잎들이 떨어지고
천둥이 우리를 짓누른다,
죽음과 삶이
동시에 말한다,
바이올린처럼 숲속에서
톱의 노래 혹은 탄식이
높아진다,
그렇게 목재가 태어나
세상을 떠돌기
시작한다,
마침내 쇠에 잘리고 구멍 뚫려
말 없는 건설자가 될 때까지,
하루하루
남자와 여자,
그리고 삶이 거처할
집을
지으며
고통받고 보호할 때까지.

말베니다꽃[•]을 기리는 노래 Oda a la malvenida

내 조국의 식물, 대지의 장미,
넝쿨 별,
검은 가시나무,
그 불행과 파도,
그 단검과 골목과 더불어 내가 사랑했던
대양에 떠오른 달의 꽃잎,
곧추선
양귀비,
검은 자개 카네이션,
왜
내 잔이
넘쳤을 때, 나의 심장이
슬픔에서 불로 바뀌었을 때,
평생 너를 기다렸던 것을
너를 위해, 너에게 건네기 위해 내가 갖지 못했을 때,
왜
너는 그때 도착했느냐,
이글거리는 글자들이
내 이마에서 불타오를 때,
왜 너의 혼례 실루엣의

• 칠레에 서식하는 꽃으로 '달갑지 않은 여인'이란 뜻이다.

순결한 선(線)이
땅 위를 구르는
반지처럼 도착했느냐?
넌 다른 창들을 다 제쳐 두고
하필이면 때늦은 재스민처럼
나의 창에 도착하지
말았어야 했다.
오 검은 불꽃이여, 나를 만지고
나의 피를 타고 나의 입까지
올라와야 했던 것은
네가 아니었다.
지금
너에게 뭐라 답할 수 있을까?
자신을 태워 버려라,
기다리지 마라,
밤의 미모사 네 입술에
기다림은 없다.
자신을 태워 버려라,
네 불꽃 속의 너,
내 불 속의 나,
널 기다릴 수 없었던 사랑을 위해
날 사랑해 다오,

돌이든 초목이든
너와 내가 함께 가진 것 속에서 날 사랑해 다오:
우린 우리가 서로에게 주지 않았던
것으로 계속 살아가리라:
한 떨기 장미가 몸을 기댈 수 없었던 어깨로,
불에 탄 자신의 상처를 비추는 한 송이 꽃으로.

바다를 기리는 노래 Oda al mar

여기 섬에서
바다,
얼마나 많은 바다가
자신으로부터 달아나는가,
매 순간,
그렇다고, 아니라고 말한다,
아니라고, 아니라고, 아니라고,
그렇다고 말한다, 푸르게,
물거품으로, 질주하며,
아니라고, 아니라고 말한다.
넌 가만히 있지 못한다,
내 이름은 바다야, 돌에
달라붙으며 반복한다,
그러나 돌을 설득하지 못한다,
그러면
일곱 마리 녹색 개,
일곱 마리 녹색 호랑이,
일곱 개 녹색 바다,
일곱 개 녹색 혀로
돌을 구석구석 돌아다니고, 돌에 입 맞추고,
돌을 축축하게 적시고,
그 이름을 반복해 부르며

가슴을 친다.

오, 바다라는 이름으로 불리는 너,

오, 나의 동지 대양이여,

시간과 물을 허비하지 마라,

몸을 심하게 흔들지 마라,

우리를 도와 다오,

우린 초라한

어부들,

바닷가 사람들,

우린 춥고 배고프다,

넌 우리의 적,

너무 세게 때리지 마라,

그렇게 소리치지 마라,

너의 녹색 상자를 열어

우리 모두의

손에

너의 은빛 선물,

매일매일의 물고기를 놓아라.

여기서는 집집마다

물고기를 사랑한다,

은빛이든, 수정 빛이든,

혹은 달빛이든

모두 지상의 가난한
부엌을 위해 태어났다.
욕심쟁이여,
너의 물결 아래
젖은 번개처럼
찬 기운을 세차게 흘리며
물고기를 지키지 마라.
이제, 오라,
너를 열고
우리의 손 가까이에
물고기를 놓아라,
대양이여,
깊은 녹색의 아버지여,
언젠가 우리가 지상의
가난을 끝내게 도와 다오.
우리가 끝없이 펼쳐진
네 삶의 농장을
수확하게 해 다오,
너의 밀과 너의 포도를,
너의 황소, 너의 쇠붙이,
젖은 광채
그리고 물에 잠긴 열매를.

아버지 바다여, 이제 우린
네 이름을 안다, 모든
갈매기들이 모래밭에서
네 이름을 나눠 준다:
이제, 얌전히 굴어라,
너의 갈기를 흔들지 마라,
그 누구도 위협하지 마라,
하늘에 부딪혀 너의 고운
이빨을 깨뜨리지 마라,
잠시
영광의 역사를 잊고,
우리 모든 남자,
모든
여자, 모든 아이들에게
매일매일
크고 작은 물고기를 다오.
세상의 모든 거리로
나가
물고기를
나눠 주며
소리쳐,

소리쳐 다오,
가난한 노동자들이
모두 네 외침을 듣고
광산
입구로 머리를
내밀며
"저기 물고기를 나눠 주며
옛 바다가 온다."라고 말하도록.
그들은 미소를 머금고,
땅속으로, 어둠 속으로
돌아가리라, 거리와
숲에선
사람들과 대지가
바다의 미소로
방긋 웃으리라.

하지만
원치 않거든,
마음이 내키지 않거든,
기다려 다오,
우리를 기다려 다오,
우리도 생각해 보리니,

무엇보다 먼저
인간사를
정리하리다,
먼저 가장 중대한 일들을,
나중에 다른 모든 일들을,
그다음에
네 안으로 들어가리라,
불의 칼로
물결을 베리라,
전기마(電氣馬)를 타고
물거품을 뛰어넘으리라,
노래 부르며
네 내장
밑바닥을 만질 때까지
가라앉으리라,
원자의 실이
네 허리를 지키리라,
우린 너의 깊은 정원에
시멘트와 강철의
식물을
심고,
네 손발을

묶으리라,
사람들이 너의 살갗에
침을 뱉으며 지나가리라,
너의 과일 송이들을 뽑아내며,
너에게 마구를 채우며,
너에게 올라타 너를 길들이며,
너의 영혼을 지배하며.
그러나 그건 우리 인간들이
우리의 문제,
중대하고,
커다란 문제를
해결할 때
비로소 가능하다.
우리는 그 모든 것을
서서히 풀어내리라:
바다여, 우린 너에게,
대지여, 우린 너에게
기적을 행하도록 강제하리라,
우리 자신 속에,
투쟁 속에
물고기가 있고, 빵이 있고,
기적이 있으니.

탐조(探鳥)를 기리는 노래 Oda a mirar pájaros

이제
새들을 찾으러 가자!
숲속의
강철 같은 키 큰 가지들,
수풀 우거진
비옥한 토양,
세상은
젖어 있고,
나뭇잎에선
빗방울 혹은 이슬이
작은 별처럼
반짝인다:
아침 녘
어머니 대지는
싱그럽고,
대기는
고요를
흔드는
강 같다,
순례자,
우주,
뿌리의 냄새를 풍긴다.

머리 위의
실성한 노래,
폭포,
한 마리 새다.
손가락보다 더 가는
목구멍에서
어떻게
노래의
물줄기 쏟아질 수 있을까?

빛나는 재주!
보이지 않는
힘,
나뭇잎에 깃든
음악의
격류,
신성한 대화!

티 없이 맑고, 산뜻하고, 청명한
오늘,
녹색 치터처럼
낭랑하다,

난 진창에
신발을
묻고,
샘을 뛰어넘는다,
가시 하나
나를 찌르고 수정
물결 같은
대기의 돌풍
내 가슴속에서 갈라진다.
새들은
어디에 있을까?
어쩌면
나뭇잎 속
속삭임
혹은 달아나는
회갈색 벨벳 구슬,
혹은 향기의
움직임이었을까? 계수나무에서
떨어진 잎사귀
새였나? 성난
목련의 가루
혹은 소리를 내며 떨어진

과일,
그건 새의 비상이었나?
오 보이지 않는
작은 얼간이들,
악마의 새들아,
지옥에나
떨어져라,
딸랑이와 함께,
쓸모없는 깃털과 함께!
난 새들을 쓰다듬고,
새들이 반짝이는 것을
보고 싶었을 뿐,
진열창에서
박제된 섬광을 보고
싶지는 않다,
살아 숨 쉬는 새들을 보고 싶다,
결코 나뭇가지에 놓고 오는 법이 없는,
새들의 진짜 가죽 장갑을
만지고 싶다,
또 어떤 조각상들처럼
나를 과분하게 희게 만든다 해도,
어깨 위에 앉은

새들과 대화하고 싶다.

있을 수 없는 일이다.
만질 수는 없고,
하늘의 속삭임
혹은 움직임처럼
들려온다,
또박또박
대화를 나누고,
거듭 의견을
말한다,
하는 모든 일에
대해 우쭐거리고,
존재하는 모든 것들에 대해
논평한다,
수로학 같은
몇몇 학문을
꿰뚫고
어디서 곡물을
추수하고 있는지
귀신같이 안다.

그러나
밀림의, 숲의,
순결한 수풀의
보이지 않는
새들아,
아카시아와 떡갈나무의
새들아,
난데없이 날아온,
사랑에 빠진, 실성한
새들아,
허영심 많은
노래꾼들아,
떠돌이 악사들아,
젖은 신발과 가시,
마른 잎사귀를 가지고
집으로
돌아가기
전에
마지막으로
한마디 하련다:
유랑자들아,
엽총과 새장에서 멀리 있는,

자유로운
너희를 사랑한다,
달아나는
꽃부리들아,
그렇게
붙잡을 수 없는,
너희를 사랑한다,
산정의 낭랑한
연대(連帶)의 집단,
속박 없이 자유로운
나뭇잎들,
대기의
수호자들,
자유로운
연기의
꽃잎들,
흥겨운
대기와 땅의
곡예사와 소리꾼 들,
바람의 항해자들,
더없이 부드러운 둥지를 짓는
행복한

건설자들,

쉼 없이

꽃가루를 나르는 심부름꾼들,

꽃의

중매쟁이들, 씨앗의

삼촌들,

배은망덕한,

너희를 사랑한다:

한때

바람 속에서

너희와 함께 살았음을 행복해하며

나 돌아가련다.

속삭임을 기리는 노래 Oda al murmullo

사랑, 비탄,
분노의 시 또는 달의 시는
내가 쓴 것이라 하고,
노동과 사과, 기쁨으로
써 가는
시를 두고는,
내 것이 아니란다,
피티니, 파포,
소도스테스•의
영향을 보여 준다나.
아, 어찌해야 하나!
인생은
내 손에 비둘기 한 마리와
또 다른 비둘기를
올려놓았다.
난 비상하는 법을 배웠고
날면서
가르쳤다.
쪽빛 하늘에서
땅의

• 시인이 꾸며 낸 가상의 인물들이다.

의무를 깨달았고
인간의
행위가 새들의
맹렬한
비행보다
더 위대함을 알았다.
난 대지를 사랑했고, 내 심장에
흐르는 물의
투명함을 놓았다,
진흙과 바람으로 변함없는
내 노래의 그릇을
빚었다,
그리고 이윽고
마을들,
집들,
항구들,
광산들 대신,
인간 가족을 정복해 갔다,
가난한 이들과 함께
가난을 견뎌 냈고,
나의 형제들과 함께 살았다.

그때
검은 물결의 습격 하나하나,
나의 안쓰러운 뼈들에 가해지는
삶의 묵직한
손찌검
하나하나는
낭랑한 종소리였고
나는 종지기,
대지와
사람들의
종지기가 되었다.
이제
나는 종지기,
혼신을 다해
줄을 잡고
매달린다,
소리 안에서 대지가
나의 심장과 함께
진동한다,
나는 올라가며 산을 돌아다니고,
내려오며
공포, 기쁨,

희망을
나눠 준다.

어쩌면 내가 지쳤을
때,
내가 잠잘 때,
벗들과
내가 수호하는 사랑하는 땅의
포도주를 마시러 나갈 때,
도대체
왜
넌 돌멩이와 당나귀
턱뼈를 들고,
씩씩대며,
나를 쫓아오느냐,
나를 겁주려는 것이냐?
전에는
어느 누구도
나를 침묵시키지
못했거늘.
넌
길바닥에 미끄러운

사과 껍질을
놓아두거나
멀리서
침을 뱉어
나의 종의 노래
나의 종지기의 천직을
끝장낼 수 있다고 믿는 것이냐?
우리가
서로 이해할 시간이다:
일찍 잠자리에 들어라,
사람들이 너의 재단사, 너의 어머니,
혹은 너의 매형에게 돈을 제대로 지불하는지
마음을 써라,
내가 층계를 통해
나의 종을 향해 올라가게 해 다오:
추위 속에서 태양이 불타고,
객줏집의
빵은
아직 따스하다,
대지는 향기롭고,
날이 밝아온다,
나는 나의 종,

나의 노래와 함께,
잠을 깨고 너를 깨운다.
그것은 나의 의무다
—네가 원치 않을지라도—
너를 깨우고 잠자는 사람들을
깨우는 것,
밤샘하는 사람에게
빛이 도착했음을
알리는 것,
이 일은
너무나
단순하고,
길거리에서 빵을 나눠 주는 것만큼이나
즐거워
나조차 할 수 있을 정도다,
흐르는 물처럼 낭랑하게,
종지기처럼
거침없이,
내 방식대로 노래하며.

밤을 기리는 노래 Oda a la noche

밤이여, 넌
낮의
뒤에서,
각각의 돌과 나무,
각각의 책 뒤에서
질주하며 일하거나
혹은 휴식을 취한다,
너의 뿌리들이 모여들어
꽃과 잎을 펼칠 순간을
기다리며.
넌
깃발처럼
하늘에서 펄럭인다,
산과 바다뿐만
아니라 세상의 가장 작은 구멍,
지친 농부의 강렬한
눈,
잠에 빠진
인간 입의
검은 산호마저
메울 때까지.
넌 강의

야생의 물길 위를
자유로이 달린다,
밤이여, 넌 비밀스런 산길,
알몸이 별처럼 뿌려진
연인들의 동굴,
어둠의 외침을 튀기는
범죄들을 덮는다,
그사이 기차들은
달리고, 화부(火夫)들은
시뻘건 화염 속에 밤의 석탄을 던진다,
분주한 통계원들은
나뭇잎 화석들의
숲에 들어갔고,
제빵사는 순백을
반죽한다.
밤도 눈먼
말(馬)처럼 잠이 든다.
북쪽에서 남쪽까지
비가 내린다,
내 조국의 아름드리
나무들 위로,
주름진 함석

지붕들 위로.
밤의 노래
울린다,
비와 어둠은 노래하는
검의 쇠붙이들,
별 혹은 재스민은
검은 산정에서
감시한다,
느릿느릿 수세기에 걸쳐
우리가 차츰
이해하게 될
신호들을.
밤,
나의 밤,
온 세상 밤이여,
네 안에는
태어날 아이처럼,
터지는
씨앗처럼
둥근 그 무엇,
기적이요,
낮인

그 무엇이 있다.
네가 더욱 아름다운 건
너의 검은 피로 태어나는
양귀비를 기르기 때문,
감긴 눈으로
사람들이 눈뜨도록,
물이 노래하도록,
우리의 생명이
부활하도록 일하기 때문.

숫자를 기리는 노래 Oda a los números

몇 개인지 알고 싶은
갈증!
하늘에 별이
몇 개인지
알고 싶은
욕망 얼마나 큰지!

우린 돌멩이, 풀,
손가락, 모래, 치아를
세면서
유년기를,
꽃잎, 머리카락을
헤아리면서 청춘을 보냈다.
지금은
색깔, 세월,
인생 그리고 입맞춤을 셈하고
들판의
황소, 바다의 물결을
헤아린다. 배들은
번식하는 숫자가 되었다.
숫자들은 새끼를 쳤다.
도시는

수천, 수백만 개가 되었고,
밀은 그 안에 낟알보다
더 작은, 다른 자잘한
숫자들을 가진
수백 개 개체가 되었다.
시간도 숫자가 되었다.
빛은 번호가 매겨졌고
소리와 함께 아무리 달려도
속도는 37이었다.
숫자들이 우리를 에워쌌다.
우리는, 밤중에, 녹초가
되어 문을 닫았다,
우리와 함께 침대에 들기까지,
아래로,
800에 도달했다,
꿈속에서는
4000에 도달했고, 77이
망치나 펜치로
우리 이마를 쪼아 댔다.
바다나 섬망 상태에 들어가기까지
태양이 칼로 우리에게 인사를 건네고
매일매일 무한한

숫자 1을 다시 시작하기 위해
우리가 사무실로,
작업장으로,
공장으로
달려갈 때까지
숫자 5가
더해졌다.

숫자여, 우리는 우리의
갈증,
사물들을 열거하고
합하고
가루가, 숫자들의 모래밭이
될 때까지 약분하고 싶은
태곳적부터 내려온 욕망을
채울 시간이 있었다.
우리는 숫자와 이름으로
세상을 도배해
갔다,
그러나
사물들은 살아남아,
숫자로부터

도망쳤고,
수(數) 안에서 실성했고,
냄새나 기억을 남기며
증발했다,
그리고 마침내 텅 빈 숫자들이 남았다.

그러므로
널 위해
난 사물들을 사랑한다.
감옥에 가는 숫자들,
우리에게 무한의 총합을
건넬 때까지
번식하며
일사불란한 대열로
행진하는
숫자들.
널 위해 내가
바라는 건
길의 숫자들이
너를 지키고
네가 그 숫자들을 지키는 것뿐.
너의 주급의 숫자가

너의 가슴을 덮을 때까지 불어나길.
너의 몸과 사랑하는 여자의 몸이
결합되는 숫자 2에서
네 자식들의 좌우대칭의 눈이 생겨나
다시 한번
옛 별들을,
변모된 대지를 채울
무수한 이삭들을
헤아리게 되길.

가을을 기리는 노래 Oda al otoño

아 얼마나 오래던가,
대지가
가을 없이 지나온 세월,
어떻게
살아남을 수 있었는지!
아 얼마나 가혹한
요정인가,
세상의 모든
나무들에게
발칙한
젖꼭지를 보여 주는
봄,
뒤이어
여름,
밀,
밀,
간헐적으로 들려오는
귀뚜라미 소리,
매미 소리,
쏟아지는 땀.
이윽고
대기는

아침 녘에
떠돌이별의 수증기를 가져온다.
다른 별에서
은방울이 떨어진다.
습기에서 바람으로,
바람에서 뿌리들로,
우린 접경지대의
변화를
호흡한다.
귀먹은, 그윽한 무언가가
차곡차곡 꿈을 모으며
땅 아래에서 일한다.
에너지는 돌돌 감기고,
풍요의
띠줄이
그 고리들을
둥글게 만다.

가을은 나무꾼처럼
겸허하다.
모든 나라의
모든 나무들에서

모든 잎을 치우기는
무척 어렵다.
봄은
날아가면서 나뭇잎을 얽어맸고
지금은
그것들이
노란 새처럼
떨어지게 두어야 한다.
쉽지 않은 일이다.
시간이 필요하다.
길을
달리고,
언어를 말해야 한다,
스웨덴어,
포르투갈어,
붉은 언어,
녹색 언어로 말해야 한다.
모든 언어로
침묵할 줄
알아야 하고,
또 도처에서,
언제나,

나뭇잎이 떨어지고
또 떨어지게,
떨어지고
또 떨어지게
내버려 둘 줄 알아야 한다.

가을이
되기는
어렵고,
봄이 되기는 쉽다.
불태워지기 위해
태어난 모든
것들에 불을 지르기는 쉽다.
그러나 냄새와 빛,
뿌리들을 녹일 때까지,
마치 노란
사물들의 바퀴인 양
미끄러뜨리며
세상의 불을 끄는 것,
포도주를 포도에게 밀어 올리는 것,
산정에서 끈기 있게
울퉁불퉁한 나무

동전을 주조해
무심한
황량한 거리에
흩뿌리는 것,
그건 다부진 사내의
손이 하는 일이다.
그러므로
가을이여,
옹기장이 동지,
행성의 건설자,
전기공,
밀의 수호자여,
너에게 진심으로 나의
손을 건네니
말을 타고 떠날 수 있게,
너와 함께 일할 수 있게
날 초대해 다오.
언제나 난
가을의 견습생,
부지런한
숭고한 기계공의
미천한 피붙이가 되고 싶었다,

금을,
쓸모없는 금을
나눠 주며
대지를 질주하고 싶었다.
하지만, 가을이여,
머지않아
널 도와 길거리의
가난한 이들이 황금
잎사귀를 거둬들이게 하리라.

가을이여, 훌륭한 기수여,
우리 질주하자,
검은 겨울이
우리를 앞지르기 전에.
우리의 기나긴 노동은
고되다.
우리
흙을 준비해
어머니가 되는
법을,
세상을 달리는
두 명의 붉은 기수인

가을과
가을 견습생의
보살핌으로 뱃속에서
잠이 들 씨앗을
보존하는 법을 가르쳐 주자.

그러면 숨겨진
어두운 뿌리들에서
봄의 향기와
녹색 베일이
춤추며 나타나리라.

노란배딱새를 기리는 노래 Oda al pájaro sofré

정원에 너를 묻었다:
펼친 손처럼
자그마한
구덩이,
남부의
땅,
차가운 흙이
너를 덮었다,
너의 깃털,
노란 광선,
생명이 꺼진 네 몸뚱이의
검은 섬광을.
마투그로수•에서,
비옥한 고이아니아••에서,
사람들이 새장에 넣어
널 보내왔다.
넌 어쩔 도리 없이
출발했다.
새장 속에서

• 브라질 중부에 있는 주.

•• 브라질 중서부 내륙에 있는 고이아스주의 주도로 1930년대에 새로 건설된 계획도시.

넌 보이지 않는 나뭇가지를
움켜잡은 듯,
팽팽한
작은 다리를 가진,
생기 잃은 생명체,
고향의 불에서,
어머니
수풀에서,
멀리 떨어져,
아득한,
차가운 땅에서
절멸된
안쓰러운
깃털 뭉치,
더없이 순결한 새여,
너를 처음 만났을 때
넌 살아 있었고,
전기를 일으키듯,
사납고,
소란스러웠다,
네 몸은
향기로운

화살이었다,
넌 내 팔과 내 어깨 위를
거닐었다,
제멋대로, 야성 그대로,
검은 돌의 검은 빛과
꽃가루의 노란 빛을 흩뿌리며.
오 야생의
아름다움,
곧추선
너의 걸음걸이,
네 눈에서 튀는
도전적인
불꽃, 그러나
한 송이 꽃이
도전적이듯,
넌 땅의 옹골찬
완전함과 함께, 포도송이 같은
충만함, 자신의 허약한 오만을
확신하는 탐험가의
불안을 지녔었다.

난 몹쓸 짓을 했다, 나의

조국에서 시작되는
가을에게,
이제 기운이 빠져
떨어지는
나뭇잎들에게,
남쪽의 거센 전기 바람에게,
단단한 나무들에게, 네가 모르는
나뭇잎들에게
너를 데려갔고,
너의 긍지가
진홍색 치터처럼 이글거리는
너의 태양에서 멀리 떨어진
다른 잿빛 태양으로
여행하게 했다,
너의 새장이
금속성 비행장으로
내려갔을
때,
이미 넌 바람의
위엄을 지니지 않았고,
널 감싼 천정(天頂)의 빛을
이미 강탈당한 상태였다,

이미 넌
죽음의 깃털이었다,
이윽고
나의 집에 왔을 때,
나의 얼굴을 쳐다보는
너의 마지막 시선은 거친
책망의 눈길이었다.
그때,
넌 날개를 접고,
돌아갔다,
너의 하늘로,
넓은 심장으로,
녹색의 불로,
타오르는 대지로,
산비탈로,
덩굴식물로,
과일로,
대기로, 별로,
미지의 샘의
신비로운 소리로,
밀림 속 수정(受精)의
축축함으로,

너는 돌아갔다
너의 기원으로,
노란 광채로,
검은 가슴으로,
대지로 그리고 네 조국의 하늘로.

빵을 기리는 노래 Oda al pan

빵이여,
밀가루,
물
그리고 불과 함께
넌 부풀어 오른다.
촘촘하면서 가볍고,
납작하면서도 둥근
너는 어머니의
불룩한 배,
봄날
대지의
발아를
되풀이한다.
빵이여,
넌 얼마나 고분고분하고
또 얼마나 깊은가:
빵집의
하얀 쟁반 위에
집기나 접시,
혹은 종잇장처럼
넌 열 길게 늘어선다,
그리고 갑자기,

삶의
물결,
씨눈과 불의
결합,
넌 자란다, 갑자기
자란다,
허리, 입, 가슴,
흙 언덕,
혹은 민중의 삶
처럼,
열기가 오르고, 충만함이,
풍요의 바람이
너를 휘감는다,
그 순간
너의 황금색은 움직임을 멈춘다,
너의 작은 배(腹)들이
잉태했을 때,
가무잡잡한 흙터는
황금빛 반구형
조직 구석구석
불탄 자국을 남겼다.
이제,

흠 없이 온전한
너는
인간의 활력,
반복된 기적,
삶의 의지다.

오 모든 입을 위한 빵이여,
우린
너에게 애원하지 않으리라,
우리 인간은
어렴풋한 신들이나
막연한 천사들에게
구걸하지
않는다:
우린 바다와 흙으로
빵을 만들고,
대지와 떠돌이별들에
밀을 심을 것이다,
모든 입을 위한,
만인의 빵이,
매일매일,
도착하리라, 우린

한 사람이 아닌,
모두를 위해
빵을 씨 뿌리고
빵을 빚으려 했기 때문,
빵, 모든 민중을
위한 빵,
우린 빵과 함께 빵의 형태와
맛을 지닌 것들을
나눠 주리라:
대지,
아름다움,
사랑,
그 모든 것들은
빵의 맛,
빵의 형태,
밀가루의 싹을 지녔다,
모두
함께 나누기 위해,
건네기 위해,
불어나기 위해 태어났다.

그러므로 빵이여,

네가 사람들의 집에서
달아나도,
사람들이 너를 감추고,
너를 모른다고 부인해도,
욕심쟁이가
너에게 몸을 팔게 해도,
부자가
너를 독차지해도,
밀이
밭고랑과 흙을 찾지 않아도,
빵이여,
우린 기도하지 않으리라,
빵이여,
우린 구걸하지 않으리라,
다른 이들과 함께, 굶주린 모든
이들과 함께 널 위해 투쟁하리라,
모든 강과 대기를 가로질러
널 찾아가리라,
네가 싹을 틔우도록
온 대지를 나눠 주리라,
그러면 대지는
우리와 함께 전진하리라:

물과 불, 사람이
우리와 함께 투쟁하리라.
우린 왕관처럼
이삭을 머리에 얹고
대지와 모든 이들을 위한 빵을
정복해 가리라,
그러면
삶 또한
빵의 형태를 갖게 되어,
단순하고 깊어지리라,
무수히 많아지고 순수해지리라,
모든 존재들이
대지와 삶에
대한 권리를 갖게 되고,
그렇게 내일의 빵은
모든 입을 위한
거룩하고,
성스러운 빵이 되리라,
그건 빵이 가장 오래고 가장 고된
인간 투쟁의
산물이기 때문.

지상에서 승리는
날개가 없다:
양 어깨에 빵을 매달고
세차게 날아오른다,
바람을 타고
제빵사처럼
대지를 해방시키며.

한 쌍의 연인을 기리는 노래 Oda a la pareja

1

나의 여왕이여, 얼마나 아름다운가,
너의 작은 발자국이
나의 길을 가리키는 것을 보는 것
혹은 내가 바라보는 모든 것에서
너의 두 눈이
얽히는 것을 보는 것,
매일 아침
너의 얼굴이 잠을 깨고
밤마다
같은
그림자
조각 속에
잠기는 것을 보는 것.
얼마나 아름다운가,
너의 젖무덤과 나의 가슴,
너의 발과 나의 손으로 이루어진
단 하나의 뱃머리를 향해
바다처럼
휘달리는
시간을
보는 것.

시간의 물결이
너의 옆얼굴을 통과한다,
나를 매질하고
나를 불태우는 바로 그 파도가,
성난 추위의
이빨 자국 같은 파도,
이삭의
알갱이 같은 파도가.
그러나
우리는 함께 있고,
우리는 인내한다,
어쩌면
검거나 혹은 붉은 물거품을,
입술 혹은 날개처럼 고동치는
상처들을
기억 속에
간직하며.
우리는 함께 거리와
섬들을 거닌다,
부서진
돌풍의 바이올린 아래에서,
적대적인 신을 마주하며,

단순히 한 여자와
한 남자가 함께.

2
세상의 하루하루가
한 쌍의
뱃머리 장식,
소금 아닌 시간,
그림자 아닌
벌거벗은
행복의 발걸음 위로
떨어지는 것을
느끼지 못한
자들아,
어찌 눈을,
쓸쓸한 눈을
감고 잠을 이룰 수 있을까?

난 싫다
지붕 없는 집,
유리 없는 창문.
난 싫다

일 없는 날,
꿈 없는 밤.
난 싫다
여자 없는
남자,
남자 없는
여자.

남자 혹은 여자여,
너 자신을 완성하라,
그 무엇도 너를 겁박하지 못하게.
모처에서
지금
사람들이 너를 기다리고 있다.
일어나라:
종(鐘)들 속에서 빛이
흔들리고,
양귀비들이
태어난다,
넌
진흙과 빛으로
네 삶을 반죽하며

살아가야 한다.

두 개의 머리 위로
눈이 내리면
집의 뜨거운
심장은 달콤하다.
그렇지 않으면,
악천후 속에서, 바람이
너에게 물을 것이다:
네가 사랑했던 여자는
어디에 있느냐고,
그러고는 너를 물어뜯으며 그녀를 찾으라고 닦아세울 것이다.
반쪽 여자는 한 여자이고
한 남자는 반쪽 남자다.
사람들은 반쪽 집에서 살고,
반쪽 침대에서 잠을 잔다.

지금까지 꺼져 있던
입맞춤에 불을 붙이며
삶들이 완전해졌으면
좋겠다.

난 선한
중매쟁이 시인.
난 모든 남자들을 위한
애인들을 가지고 있다.
날마다 내게
너의 안부를 묻는
고독한 여자들을 본다.
네가 원한다면, 너를
섬들의 인어 여왕
누이와 결혼시키리라.
여왕은 나를 기다리고 있으니,
불행히도, 넌 그녀와
결혼할 수 없다.
그녀는 나와 결혼하리라.

지난날을 기리는 노래 Oda al pasado

오늘, 대화 중에,
과거가,
나의 과거가
불쑥 튀어나왔다.
너그럽게도
추잡한
사소한 일들이,
공허한
일화들이,
검은 밀가루가,
먼지가.
넌 부드럽게
너 자신 속으로
몸을 구부려
웅크리고,
미소 짓고,
기뻐한다,
그러나
상대가
타인, 너의 친구,
너의 적이라면,
그때는

무자비해지고,
눈살을 찌푸린다:
그 남자가 무슨 짓을 했지!
그 여자는 또 무슨 짓을
한 거야!
넌 코를
막는다,
남의 과거에
눈에 띄게
몹시 언짢아한다.
우리의 일에 대해서는
최악의 날들도
향수의 눈길로 바라본다,
우린 조심스레
궤짝을 열어
사람들이 우리를 찬양하도록
위업의 깃발을
내건다.
나머지는 잊자.
그건 단지 나쁜 기억일 뿐.
귀 기울여 듣고, 배워라:
시간은

두 개의 강으로
나뉜다:
하나는
거꾸로 흐르며, 네가
살아가는 삶을 집어삼킨다,
다른 강은
너의 삶을
발견하며
너와 함께 전진한다.
한순간 두 강이
합쳐졌다.
지금이다.
이것은 시간,
과거를 질질 끌고 갈
찰나의 방울이다.
현재다.
네 손 안에 있다.
폭포처럼, 빠르게,
미끄러져 내린다.
그러나 너는 시간의 주인.
사랑으로, 단호하게,
그것을 세워라,

돌과 날개로,
낭랑한
올곧음으로,
순결한 곡물로,
네 가슴의
가장 투명한 쇠붙이로,
진리와 선(善), 정의에 대한
두려움 없이,
한낮의 햇빛 속을
걸으며.
노래의 동무들아,
흐르는 시간은
기타
소리와
형태를 갖게 되리라,
네가 과거로
기울고 싶을 때,
투명한
시간의 샘은
노래하며 너의 옹골참을 드러내리라.
시간은 기쁨이다.

게으름을 기리는 노래 Oda a la pereza

어제는 이 송가가
바닥에서 떨어지지
않을 것만 같았다.
알맞은 때였다, 적어도
녹색 잎사귀 하나
보여 줘야만 했다.
나는 땅을 할퀴며
말했다: "올라와,
나의 형제 송가여,
난 너한테 약속했어,
날 두려워 마,
널 짓뭉개지 않을게,
네 개의 잎사귀 송가,
네 개의 손 송가,
나와 차를 마시자.
올라오렴,
송가들
사이에서 왕관을 씌워 줄게,
자전거를 타고, 함께
바닷가로 나가자."
소용없었다.

그때,
소나무 우듬지에서
게으름이
알몸으로 나타나,
잠에 취해 어리둥절한
나를 데려가더니,
모래밭에서
해양 물질의
부서진 작은 조각들,
목재, 해초, 돌멩이,
바닷새들의 깃털을 보여 주었다.
노란 마노를 찾아보았지만
보이지 않았다.
바다는
우주를 가득 채웠다,
탑들을 무너뜨리며,
내 조국의 해안을
침범하며,
잇따라 물거품의 재앙을
일으키며.
꽃부리 하나
모래밭에서 홀로

한줄기 빛을 열었다.
나는 은빛 바다제비들이,
그리고 검은 십자가처럼
바위에 박힌 가마우지들이
가로질러 가는 것을 보았다.
거미줄에서 죽어 가는
벌을 놓아주었고,
주머니에
작은 돌멩이 하나 챙겨 넣었다,
부드러웠다, 새 가슴처럼 아주
부드러웠다,
그사이 해안에서는
오후 내내
태양과 안개가 싸움을 벌였다.
이따금
안개가 황옥처럼
빛에
물들었고,
또 어느 때는 노란
물방울 떨구며
축축한 햇살이 내려왔다.

한밤중에,
달아나는
내 송가의
의무를 생각하며,
불 옆에서
신을 벗었다,
신에서 모래가 굴러떨어졌고
이내 나는 스르르 잠에
빠졌다.

가난을 기리는 노래 Oda a la pobreza

내가 태어났을 때,
가난이여,
넌 나를 쫓아왔고,
깊은 겨울 동안
썩은 판자들
틈으로
나를 바라보았다.
문득
구멍에서 바라보고 있었던 건
너의 두 눈이었다.
한밤중,
새는 빗물이
너의 이름과 성을
되풀이했고
혹은 이따금
깨진 소금통,
해진 옷,
터진 구두가
내게 너의 존재를 알리곤 했다.
그곳에서 나를
염탐하고 있었다,
너의 좀먹은 이빨,

너의 늪의 눈이,
옷과 목재,
뼈, 피를
자르는
너의 잿빛 혀가,
그곳에서 넌
나를 찾고 있었다,
내가 태어난 순간부터
거리에서
나를 쫓고 있었다.

내가 교외에
작은 셋방을 얻었을 때,
넌 의자에 앉아
나를 기다렸다,
또 사춘기 시절,
컴컴한 호텔에서
시트를 펼쳤을 때,
나는 벌거벗은 장미의
향기가 아닌,
네 입의 차가운
휘파람 소리를 발견했다.

가난이여,
넌 날 쫓아왔다,
병영과 병원으로,
전쟁 시에도 평화 시에도.
내가 병이 났을 때 누군가
문을 두드렸다:
의사가 아니었다, 다시
가난이 들어왔다.
난 네가 나의 가구들을 길바닥으로
끌어내는 것을 보았다:
사람들은
돌 맞은 것처럼 가구가 쓰러지게 내버려 두었다.
넌, 끔찍한 사랑으로,
비가 쏟아지는 거리 한복판에
숱하게 버려지면서도,
이빨 빠진 옥좌를
만들어 갔고,
가난한 이들을 바라보며
나의 마지막
접시를 거두어 왕관을 만들고 있었다.
가난이여,
이제,

내가 너를 뒤따른다.
네가 완강했던 것처럼
나도 완강하다.
넌 모든 가난한 이들
옆에서
노래하는 나를 발견할 것이다,
넌 도저히 견딜 수 없는
병원의
시트 아래마다
나의 노래를 발견할 것이다.
가난이여,
난 너를 뒤쫓는다,
너를 감시하고,
너를 에워싼다,
너에게 발포하고,
너를 격리시킨다,
너의 손톱 끝을 자르고,
남아 있는 네 이빨을
깨뜨린다.
나는
도처에 있다:
큰 바다에서 어부들과 함께 있고,

탄광에서
이마를 닦고
검은 땀을 훔칠 때,
광부들은
나의 시를
발견한다.
나는 매일 섬유 노동자와
데이트한다.
난 빵집에서 빵을 내주는
하얀 손을 가졌다.
가난이여,
네가 어딜 가든,
나의 노래는
노래하고 있고,
나의 삶은
살아 있고,
나의 피는
투쟁하고 있다.
어디에서 나부끼든
난 너의 창백한 깃발을
찢어 버릴 것이다.

다른 시인들은
일찍이 너를 성자라
부르고,
너의 망토를 숭배했다,
그들은 연기를 삼켰고,
그리고 사라졌다.
난
너와 맞서겠다,
단단한 시로 네 얼굴을 때리고,
너를 배에 태워 추방할 것이다.
타인들,
타인들, 숱한 타인들과 함께,
난, 우린 너를 지구에서
달로 몰아낼 것이다
그곳에 갇혀
내일의
대지를 뒤덮을
빵과 포도송이를
한 눈으로 바라보며
차갑게 얼어붙도록.

시를 기리는 노래 Oda a la poesía

시여, 너와 함께
걸어온
50년 가까운 세월.
처음에는
네가 발을 엉키게 했고
난 어두운 땅에
고꾸라지거나
별을 보기 위해
물웅덩이에
눈을 묻곤 했다.
나중에는 연인의
두 팔로 나를 끌어안았고
덩굴식물처럼
나의 핏줄을 타고
올라왔다.
그 뒤에는
술잔이 되었다.

얼마나
아름다웠던가,
너를 흩뿌려도 허비하지 않는 건,
무진장한 너의 물을 건네는 건,

한 방울의 물이 불탄 심장
위에 떨어져 재에서
되살아나는 것을 보는 건.
그러나
그것으로 충분치 않았다.
너와 함께 하도 쏘다녀
너에 대한 존경심을 잃었다.
난 더 이상 너를
공기의 요정으로 보지 않고,
세탁부로 일하게 했고,
빵집에서 빵을 팔게 했으며,
단순 직공으로 실을 잣게 했고,
대장간에서 쇠를 두드리게 했다.
너는 계속 나와 함께
세상을 떠돌았다,
그러나 넌 이미
내 유년기의 화려한
조각상이 아니었다.
넌 이제
쇳소리로
말하고 있었다.
너의 손은

돌처럼 딱딱했다.
너의 심장은
넘치는
종(鐘)의 샘이었고,
넌 아낌없이 듬뿍 빵을 구웠다,
고꾸라지지 않도록
나를 부축했고,
나를 위해 동행을
찾아냈다,
한 여자도,
한 남자도 아닌,
수천, 수백만의 동행을.
시여, 우리는 함께
달려갔다,
싸움터로, 파업 현장으로,
가두 행렬로, 항구로,
광산으로,
이마가 석탄으로 얼룩지거나
혹은 머리에 제재소의
향긋한 톱밥을 뒤집어쓰고
네가 나왔을 때 나는 웃었다.
이제 우리는 길에서 잠자지 않았다.

갓 세탁한 셔츠와
붉은 깃발을 들고 노동자
무리가 우리를 기다리고 있었다.

시여, 전에는 답답할 정도로
소심했던 너는
선봉에
나섰고,
모두
네가 날마다 입는 별이 그려진
옷에 익숙해졌다,
어떤 섬광이 너의 가족을 밀고했지만
넌 임무를 완수했고,
사람들 발자국 사이에 너의 족적을 남겼으니까.
시여, 나는 너에게 요구했다,
쇳덩이나 밀가루처럼
실용적이고 쓸모 있는 존재가 되라고,
쟁기와 연장,
빵과 포도주가
될 채비를 하라고,
육박전을 벌이다
피 흘리며 쓰러질

각오를 하라고.

시여,
그리고 지금,
네가 고맙다, 아내,
누이 혹은 어머니
혹은 애인이여,
고맙다, 바다의 물결,
오렌지 꽃과 깃발,
음악의 엔진,
길쭉한 황금빛 꽃잎,
바닷속의 종,
무궁무진한
곡창이여,
고맙다,
나의 나날들
하루하루의 대지,
천상의 수증기,
내 세월의 피여,
넌 숨 막히는 산정부터
가난한 이들의
소박한 밥상까지

나를 동행했기 때문,
넌 내 영혼에
철의 맛을, 나중에는
차가운 기운을 불어넣었기 때문,
넌 보통 사람들의
이름 높은 산정까지
나를 일으켜 세웠기 때문,
시여,
내가 너와 더불어
닳아지는 동안,
서서히 나를 흙으로
돌려보내는 시간이
내 노래의 강물
영원히 흘러가게 두려는 듯,
넌 쉼 없이
견고한 싱그러움을,
수정처럼 맑은 정기를 키웠기 때문.

민중 시인들을 기리는 노래 Oda a los poetas populares

밭고랑에 숨은,
길모퉁이에서 노래하는,
타고난 땅의 시인들이여,
골목의 장님들이여, 오 초원과
창고의 음유시인들이여,
만일 우리가 물을
이해한다면,
아마도 나는 그대들처럼 말하리라,
만일 돌이
설움이나
침묵을 토로할 수 있다면
형제들이여, 그대들의 목소리로
말하리라.
그대들은 뿌리들처럼,
얼마나 수없이 많은가.
그대들은 민중의
오랜 심장에서
태어났고
그곳에서 그대들의
소박한 목소리가 온다.
그대들은 구석에 처박힌
말 없는 점토 항아리의

지체를 지녔다,
흘러넘치며
갑자기 노래하고
그 노래는
소박하다,
오직 흙과 물뿐이다.
나의 시도
그렇게 노래했으면 좋겠다,
흙과 물,
풍요와 노래를
온 세상에
실어 날랐으면 좋겠다.
나의 민중의
시인들이여,
그러므로
난 땅에서
나오는 오랜 빛에
인사를 건넨다.
민중
과
시를
이었던 영원한

실은,
결코
끊어지지 않았다,
이 심오한
돌 실은
인간의
기억
처럼
아주 먼 곳에서
온다.
그 실은
시인의
먼눈으로
떠들썩한 봄이,
인간 사회가,
첫 입맞춤이
태어나는 것을 보았고,
전쟁 중에는
피를 노래했다,
그곳에 내 형제가 있었다,
붉은 수염,
피투성이 머리,

먼눈으로,
리라를 켜며,
그곳에서
죽은 이들 가운데에서
노래하고 있었다,
그는 오메로,
파스토르 페레스
혹은 레이날도 도노소[•]로
불렸다.
이제 그곳에서
그의 비가(悲歌)는
하얀 비상,
한 마리 비둘기였고,
평화, 올리브
가지,
그리고 아름다움의 연속이었다.
그 뒤에
거리가, 평원이
그들을 빨아들였고,
난 소 떼들 틈에서,

• 문맥상 칠레의 민중 시인들로 보인다.

결투가
벌어지는 곳에서
노래하는 그들을 발견했다,
가난한 이들의
애환을 이야기하고,
홍수 소식을
전해 주고,
화재의 참상
혹은 추악한
암살의 밤을
시시콜콜 들려주고 있었다.

그들은,
찢어지게 가난한,
방랑하는
나의 민중의
시인들은,
노래로
미소를
떠받치고,
조롱조로
착취자들을 비난했으며,

광부의
궁핍과
병사의 모진
운명을 이야기했다.
그들은,
민중의
시인들은,
낡은 기타와
인생을
꿰뚫는 눈으로
노래 안에서
한 송이 장미를
떠받쳤고,
삶이
항상 슬픈 것만은 아님을
알리기 위해
골목길에서 그 꽃을 보여 주었다.
파야도르•들이여, 겸허하면서도
도도한 시인들이여,
역사와

• 칠레, 아르헨티나, 볼리비아 및 우루과이의 민속음악인 파야다(payada)를 부르는 목동이나 가수.

그 반전을
통해,
평화와 전쟁,
밤과 여명을
통해,
그대들은
이야기 저장소,
시의
길쌈꾼들이다,
그리고 지금
여기 나의 조국엔
보물이 있다,
카스티야의 수정,
칠레의 고독,
짓궂은 천진함,
불행에 맞서는 기타,
길 위
연대의 손길,
노래 속에서 되풀이되어
전해진
단어,
뿌리들 사이

돌과 물의 목소리,

바람의 랩소디,

책방을 필요로 하지 않는 목소리,

우리 긍지 높은

사람들이 배워야 할 모든 것:

민중의 진실과 함께하는

노래의 영원함.

봄을 기리는 노래 Oda a la primavera

무시무시한
봄이여,
실성한
장미여,
넌 도착할 것이다,
한낱
날개의 떨림, 재스민과
안개의 입맞춤으로,
아무도 알아채지 못하게
넌 도착한다,
모자는
알고 있다,
말(馬)들도 알고 있다,
나무들은
바람이 가져오는
녹색 편지를 읽고,
나뭇잎들은
한 눈으로
바라보기 시작한다,
새로이 세상을 보기 시작한다,
그리고 깨닫는다,
지고의 오랜 태양,

말하는 물,
모든 것,
모든 것이 준비되었다,
이윽고
모습을 드러낸다,
모든 나뭇잎
치마,
에메랄드,
실성한
봄,
풀려난 빛,
녹색 암말,
만물이
증식한다,
만물은
자신의 형상을 되풀이하는
물질을
더듬어
찾는다,
새싹은 앙증맞은 신성한
발을 움직인다,
남자는

애인의 사랑을
그러안고
대지는 싱그러움으로,
가루처럼
떨어지는 꽃잎으로
가득하다,
갓 색칠한
대지는 반짝인다,
상처 속의
향기,
카네이션 입술들의 입맞춤,
장미의 진홍빛 물결
보여 주며.
이제 됐다!
봄이여,
이제,
내게 말해 다오, 네가 무슨 쓸모가 있는지,
또 누구에게 도움이 되는지.
말해 다오, 동굴 속에
잊힌 사람이
너의 방문을 받았는지,
사무실의

옹색한 변호사가
꾀죄죄한 카펫 위에서
너의 꽃잎이 벌어지는 것을 보았는지,
내 조국의 광산에서 일하는
광부가
석탄의
검은 봄
혹은 유황의
독 바람만
맛보지는 않았는지!

봄이여,
소녀여,
널 기다렸다!
이 빗자루를 들고 세상을
쓸어라!
이 걸레로
경계를
닦아라,
사람들의 지붕에
바람을 불어넣어라,
쌓인

황금을
파헤쳐
숨겨진
재산을
나눠 주어라,
날 도와 다오,
이제
사람
이
궁핍,
먼지,
누더기,
빚,
궤양,
고통에서
해방될
때,
만물을 변화시키는 너의 요정 손과
민중의 손이,
자개로 빚은 너의
발레리나의 발이
대지 위

불과 사랑에 닿을 때,
봄이여, 네가
들어올
때,
그때 난
죄 없이 널 사랑하리라,
사람들의
모든 집,
난잡한 달리아,
실성한 아카시아,
연인,
너와 함께, 너의 향기와 함께,
너의 풍요와 함께, 양심의 가책 없이,
불타는
너의 알몸의 눈(雪)과 함께,
너의 재갈 풀린 샘들과 함께,
타인들의
행복을 배제하지 않고,
낮 벌들의
신비로운 꿀과 함께,
흑인들이 백인들과
떨어져 살아야 할

필요 없이,
오 가난한 이들 없는,
가난 없는 밤의
봄이여,
향기로운
봄이여,
넌 도착하리라,
넌 도착한다,
길을 따라 걸어오는
네가 보인다:
여기가 나의 집이다,
들어오라,
넌 꾸물거렸고,
제시간에 닿지 못했다,
그러나 꽃피는 건 얼마나 좋은가,
얼마나 아름다운
일인가:
넌 얼마나 활기찬
일꾼인가,
봄이여,
직물공이여,
농부여,

젖 짜는 아낙이여,
각양각색의 벌이여,
투명한
기계여,
매미들의 물레방아여,
들어오라
모든 집으로,
어서 들어오라,
꽃이 만발한 미래의
순수한 풍요 속에서
우리 함께 일하자.

한밤의 시계를 기리는 노래 Oda a un reloj en la noche

밤중에, 네 손에서
내 시계가
반딧불처럼 반짝였다.
태엽 소리가
들렸다:
보이지 않는 너의 손에서
메마른 속삭임처럼
흘러나왔다.
그 순간 네 손은
내 꿈과 그 맥박을 찾으러
내 어두운 가슴으로 돌아왔다.

시계는
작은 톱으로
쉬지 않고 시간을 잘게 썰었다.
숲속에서
고요를 깨뜨리지 않고,
서늘한 어둠을 끝내지 않고,
나뭇조각들,
미세한 물방울들이, 나뭇가지나
둥지 부스러기들이
떨어지듯,

그렇게
시계는 보이지 않는
너의 손으로 시간을
썰고, 또 썰었다,
그리고 나뭇잎 같은 순간들이,
부서진 시간의 섬유들이,
작은 검은 깃털들이
떨어져 내렸다.

숲속에서 우리가
뿌리의 냄새를 맡았던 것처럼,
어느 곳에선가
젖은 포도 같은
굵은 물방울이 뚝뚝 떨어졌다.
작은 물레방아가
밤을 빻았고,
너의 손에서 떨어지며
속삭이는 어둠이
대지를 가득 채웠다.
한밤중에 내 시계는
너의 손으로
먼지를,

흙을, 거리(距離)를
빻고, 또 빻았다.

나는 보이지 않는
너의 목 아래에,
따스한 그 무게 아래에,
팔을 올려놓았고,
내 손 위로
시간이,
밤이,
나무와 숲의,
쪼개진 밤의,
어둠 파편들의,
끝없이 떨어지는 물의
미세한 소리들이 떨어졌다:
그때
시계에서, 잠든
너의 두 손에서
꿈이 떨어졌다,
숲의
검은 물처럼 떨어졌다,
시계에서

너의 몸으로,
너에게서 나라들로,
검은 물이,
떨어져
우리 안으로
흐르는 시간이.
그날 밤은 그랬다,
그림자와 우주, 대지와
시간,
흐르고 떨어지고
지나가는 그 무엇.
지나간다.
그렇게 모든 밤이
희미한 검은
향기만 남기고
대지를 통해 지나간다,
나뭇잎 하나,
물방울 하나
땅에 떨어진다,
그 소리 잦아들고,
숲이 잠든다, 개울이,
초원이,

종(鐘)이,
눈(目)이.

나의 사랑아,
너의 숨소리 들려오고,
우리는 잠이 든다.

리우데자네이루를 기리는 노래 Oda a Río de Janeiro

리우데자네이루여, 물은
너의 깃발,
그 색깔들을 흔들고,
바람에 부풀어 펄럭여라,
도시여,
끝없는 빛살의,
끓어오르는 어둠의,
물거품에 덮인 돌의
검은 요정이여,
너의 바다 해먹의
반짝이는 흔들림,
모래투성이 네 발의
푸른 움직임,
네 두 눈의
불붙은 나뭇가지,
그건 너의 천이다.
리우, 리우데자네이루여,
거인들이
너의 조각상에
후춧가루를 뿌리고,
너의 입에
바다의 등짝, 당혹스럽게

따스한 지느러미들,
풍요의
언덕들, 물의 젖꼭지,
화강암의 비탈,
황금의 입술들,
부서진 돌 사이
별 모양의 물거품을
비추는
바다의 태양을
남겼다,

오 미의 화신이여,
오 파란 인광을 발하는
피부의 성채,
푸른 과육의
석류여, 오 잇따라 밀려오는
검은 마노의 물결에
문신한 여신이여,
네 알몸의 조각상에서
땀에 젖은 재스민의
향, 커피 농장과
과일 가게의

시큼한 밤이슬이 생겨나고
서서히 너의 머리띠 아래,
네 젖가슴의
한 쌍의 경이 사이,
네 본성의
돔과 돔 사이에서
불행의 이빨이 나타난다,
인간 궁핍의
암 걸린 꼬리,
나병 걸린 언덕의
냉혹한
삶의 포도송이,
끔찍한 개똥벌레,
피에서
뽑아낸
에메랄드가 머리를 내민다,
너의 민중이 밀림의
경계까지 다다르고
짓눌린 소리,
발자국과 귀먹은 목소리들,
굶주린 사람들의 이주,
피 묻은 시커먼 발,

강들 너머,
울창한
아마존 숲,
가시투성이
북쪽에
잊힌,
고원지대의 목마름과 함께
잊힌,
열병에
물어뜯긴 채, 항구들에
잊힌,
한 번만 눈길을
달라고 네게 애원하다
내쫓긴 집의
문간에
잊힌,
영영 잊힌,
너의 민중.

다른 땅들,
왕국들, 국가들,
섬들에서,

왕관 쓴,
수도(首都)는
인간 노동의
벌집,
불행과
솜씨의 표본,
가난한 왕국의 간장(肝腸),
창백한 공화국 부엌이었다.
넌 어두운 밤의
눈부신
진열창,
바닷물과
황금에
덮인,
유기된
사체의
목구멍,
빈집의
황홀한
문,
넌
오랜 죄악,

너의 민중의 긴긴 고통의
화로 위
흠 없는,
잔혹한
도롱뇽,
넌
소돔,
그렇다,
넌 돌돌 말린 그림자에, 끝없는
물에 둘러싸인,
녹색 벨벳의
충충한 배경색을 띤,
현란한,
소돔,
넌 어느 황량한 행성
미지의
봄의 품에서
잠든다.
리우, 리우데자네이루여,
너에게 해야 할 말
얼마나 많은가. 내가 잊지
못하는 이름들,

그 향기를
숙성시키는 사랑들,
너와의 데이트,
너의 민중이
하나의 물결로
너의 머리띠에 다정함을
더할 때,
바다도,
하늘도 아닌,
사람의 별들이
너의 물의 깃발로
올라갈
때,
너의 후광의
광채 속에서
내가 흑인과 백인을,
너의 땅과 너의 피의
아들을,
위엄 있는 너의 아름다움에 이르도록
고결하고,
눈부신 너의 빛 속에서 동등하고,
겸허하면서도 도도한
우주와 기쁨의

소유자들을
볼 때,
그때, 리우데자네이루여,
언젠가 네가
단지 몇 명만이 아닌
너의 아들들 모두에게
너의 미소, 가무잡잡한
요정의 물거품을
건넬 때,
그때
나는 너의 시인이 되리라,
리라를 들고 도착해
너의 향기 속에서 노래하리라,
그리고 잠들리라, 너의 백금
댕기에서,
비길 데 없는
너의 모래밭에서,
거대한
바다 나비의
날개처럼
네가 내 꿈속에 펼칠
부채의 푸른 산들바람 속에서.

단순함을 기리는 노래 Oda a la sencillez

단순함이여, 너에게 묻는다:
너 항상 나를 동행했더냐?
아니면 내 의자에 앉아 있는
널 내가 다시 발견한 것이냐?
지금
사람들은 너와 함께 있는
나를 받아들이길 꺼린다,
날 곁눈질하고,
빨강머리 소녀가
누군지 궁금해한다.
우리가 만나
서로를 받아들이는 동안,
세상은 가득 채워졌다, 음험한
바보들로,
사전처럼
말만
무성하고,
우리에게 꼼수를 부리려는
내장처럼
허영심 많은
과일의 자식들로,
숱한 여행 끝에

도착한 지금,
우리의 시는
불협화음을 낸다.
단순함이여, 우리에겐 얼마나 끔찍한 일이 일어나는가:
사람들은 우리를 살롱에
들이려 하지 않고,
카페는 멋쟁이
남색자들로
북적인다,
너와 나는 서로를 바라보고,
그들은 우리를 좋아하지 않는다.
그렇다면
우리 가자,
모래밭으로,
숲으로,
밤이면
어둠은 새롭고,
갓 씻은 별들은
불탄다, 하늘은
검은
피에
흔들려, 부풀어 오른

클로버 들판.
아침엔
빵집에
가자,
빵은 젖가슴처럼 따스하고,
세상은
갓 구운 빵의
신선한 냄새를 풍긴다.
로메로, 루이스, 네메시오,
로하스, 마누엘, 안토니오,
빵 굽는 이들이여.
빵과 제빵사는
얼마나 판박이인가,
아침의
대지는 얼마나 단순한가,
시간이 지나면 더 단순해지고,
밤이면
투명하다.

그래서
난
풀밭에서

이름을 찾는다.
넌 이름이 뭐니?
초라한 돌들 사이 땅바닥에 붙어
갑자기
번개처럼 불붙은
꽃부리에게
묻는다.

단순함이여, 우린, 그렇게,
감춰진 존재들을, 다른 쇠붙이들의
비밀스러운 가치를
알아 간다.
나뭇잎의 아름다움을 바라보며,
존재 자체만으로도
이름 높은
선남선녀들과 대화 나누며.
단순함이여, 넌
내가 세상 모든 것과,
모든 사람들과 사랑에 빠지게 한다.
난 너와 함께 가련다,
너의 맑은 물의
격류에 나를 맡기련다.

그러면 사람들은 투덜댄다:
시인과 사귀는
여자는 누구지?
아닌 게 아니라
그 촌뜨기 여자에겐
정나미가 떨어진다.
하지만 그녀가 대기라면, 내가
숨 쉬는 하늘이 바로 그녀다.
내가 그녀를 모르거나 기억하지 못할 뿐.
내가 예전에
신비한 하렘의
노예들과
어울리는 걸 보았다면
단지 어두운
과오였을 뿐.
나의 사랑아,
물,
다정함,
반짝이는 빛 혹은 투명한
그림자여,
단순함이여,
지금

나와 함께 가자, 내가 태어나도록 도와 다오,
다시 진리와 선함, 산허리,
수정처럼 맑은 승리를
노래하는 법을
가르쳐 다오.

고독을 기리는 노래 Oda a la soledad

오 고독이여, 아름다운
낱말이여, 야생의
풀들이
너의 음절들 틈에서 싹튼다!
그러나 넌 단지 창백한
단어, 가짜
황금,
배신의 동전일 뿐!
나는 문학의
문자들로 고독을 묘사했다,
그에게 책에서
꺼낸 넥타이를 매 주었고,
꿈의
셔츠를 입혔다,
그러나
내가 혼자일 때 비로소 그를 알게 되었다.
난생처음
보는 야수였다:
털거미와
똥
파리를
닮았지만,

그러나 그의 낙타 다리에는
바다뱀의 빨판이 있고,
오랜 세월 물범과 생쥐의
암갈색 가죽이 썩은
창고의 악취를 풍긴다.
고독이여, 난 네가
책의 입으로
계속 거짓말을 늘어놓지 않았으면 좋겠다.
음험한 젊은 시인이 도착해
잠자는 아가씨를
유혹하려고
검은 대리석을 구해 너를 기리는
작은 조각상을 세우고는
결혼식 아침이면
잊을 것이다.
그러나 우린
아이들 최초의 삶의 흐릿한
빛 속에서 그녀를 발견하고는
섬에서 데려온
검은 여신이라 믿는다,
우린 그녀의 토르소를 가지고 장난을 치고
유년기의 순수한 숭배를 바친다.

창조적 고독은
거짓이다.
대지 위의 씨앗은
홀로가 아니다.
수많은 씨눈들이 삶의
심오한 연주회를 지속하고,
물은 물에 잠긴 보이지 않는
합창의 투명한 어머니일 뿐이다.

사막은 대지의
고독이다. 그리고 인간의
고독은
사막처럼
척박하다. 똑같은
시간, 똑같은 밤과 낮이
망토로
온 대지를 둘러싸지만,
그러나 사막에 아무것도 남기지 않는다.
고독은 씨앗을 받아들이지 않는다.

바다 위의 배는
그 아름다움이 전부가 아니다:

비둘기처럼 물 위를 나는 배의 비상은
불과 화부(火夫)들,
별과 항해자들,
사람들의 팔과 결집한 깃발들,
함께한 사랑과 운명의
경이로운 협업이 빚어내는
산물이다.

음악은
자기를 표현하기 위해
오라토리오 합창의 견고함을 찾았고,
그것은 한 개인뿐만 아니라
낭랑한 선조들의
가계에 의해
쓰였다.

내가 여기 가지에 매달아 놓는
이 말은,
어떤 고독도 찾지 않고
네가 되풀이하도록
너의 입을 찾는 이 노래는,
내 옆의 대기가, 나보다 먼저

살았던 삶들이 쓴다,

내 송가를

읽는 너는

내 송가로 너의 고독과 맞섰다,

우린 서로를 모르지만, 그러나 나의 손으로,

이 송가를 쓴 건 바로 너의 손이다.

셋째 날을 기리는 노래 Oda al tercer día

넌 월요일, 목요일,
앞으로 도착하거나 혹은 이미 지나갔다.
진홍색 그물의
한가운데에서 8월이
갑자기 너를 일으켜 세운다,
아니 6월,
불쑥,
6월,
불꽃 달린
꽃잎 하나
차가운 주(週)의
한가운데에서
솟아오른다,
빨간 물고기 한 마리 헤엄친다,
오한처럼
갑자기,
겨울,
꽃들은 옷을
차려입고,
달빛을 가득 머금고,
거리를 걷고,
바람에

올라타기 시작한다,

일상의

어느 하루다,

담벼락 색깔,

그러나

무언가가 한순간

정점으로 치닫는다, 오색기

혹은 야생 소금,

꿀벌의 황금이 깃발로 올라가고

진홍색 꿀이 바람을 일으킨다,

이름 없는 날이다,

그러나

주중에는 황금의

다리로 걷고,

꽃가루가 그의

콧수염에 들러붙고,

하늘색 모르타르가

그의 두 눈을 뚫고 들어간다,

우린 흥에 겨워

춤추고,

벚꽃을

쫓으며 노래한다,

사랑에 취해
잔을 높이 들고,
다가올 시간에게,
흘러간 순간,
태어나는
혹은 발효하는 순간에게
인사한다.
하루의 여신,
인사불성의
양귀비,
경망한 장미,
갑작스러운 봄,
목요일,
옷 한가운데에
숨은 햇살,
널 사랑해,
난
너의 연인,
나그네여, 길손이여,
난 네가 지나갈 것임을,
우리가 헤어져야
함을 안다,

그러나 한줄기
광채,
가상 태양의
포도 알 하나
하루하루의
눈먼 피에 도착했고,
우린 지키리라,
불과 암브로시아의
이 붉은 섬광을
지켜내리라,
먼지와 시간의 한복판에서
불꽃으로
타오르는
잊을 수 없는
이 반란의 날을.

시간을 기리는 노래 Oda al tiempo

네 안에서는 네 나이가
자라고,
내 안에서는 내 나이가
걷는다.
시간은 확고하며,
결코 종을 울리지 않는다,
그것은 불어나고, 우리의
내면을 거닐고,
우리의 시선 속에
깊은 물처럼
모습을 드러낸다,
불에 탄 밤톨 같은
너의 눈 옆에는
가는 실 하나, 조그만
강의 흔적,
너의 입으로 올라가는
메마른 별똥별 하나.
시간의 실타래가
너의 머리카락까지
침범하지만,
그러나 너의 향기는
인동초 같은

내 가슴에
불처럼 살아 있다.
살아 늙어 가는 것은
우리가 살아온 날들처럼
아름답다.
매일 낮은
투명한 돌이었고,
매일 밤은
우리에게 흑장미였다,
그러므로 네 얼굴 혹은 내 얼굴의 이 주름은
돌이나 꽃,
혹은 어느 섬광의 기억이다.
내 눈은 너의 아름다움 속에서 닳아졌지만,
그러나 너는 나의 눈이다.
어쩌면 나의 입맞춤이 네 두 가슴을
지치게 했을 테지만,
누구나 나의 기쁨에서
너의 은밀한 광채를 보았다.
사랑하는 사람아, 무슨 상관이랴,
시간이,
나의 육신과 너의 달콤함을
나란한 한 쌍의 불꽃

혹은 이삭으로
승화시켰던 바로 그 시간이
내일 그것들을 온전히 유지하든,
아니면 그것들을 떼어 놓고,
보이지 않는 바로 그 손가락으로
우리를 갈라놓는 자의식을 지워
땅 아래에서 단일한 궁극의 존재로
합쳐지는 승리를 선사하든.

대지를 기리는 노래 Oda a la tierra

난 씀씀이 헤픈 대지,
넘치는 뿌리들의
어머니,
열매와 새들이 지천인
낭비벽 심한 어머니,
수렁과 샘들,
카이만의 고향,
뾰족뾰족한 왕관을 쓴
풍만한 가슴의 술탄 부인을
노래하지 않는다,
수풀 속 호랑이
산지(産地)도,
내일 노래할
자그마한 둥지
같은 씨앗을 가진
비옥한 경작지도 노래하지
않는다, 나는 찬미한다,
광물의 땅, 안데스의 돌,
달의 사막의
가혹한 상처, 드넓은
초석의 모래밭을,
나는 노래한다,

강철을,
땅속에서
막 채굴되어
먼지와 화약을 뒤집어쓴 채
모습을 드러내는
구리와 그 송이의
곱슬머리를.
오 대지여, 단단한 어머니여,
넌 그곳에 깊은
쇠붙이를 감추었고
우린 거기에서 그것들을 긁어냈다,
그리고 사람이,
페드로,
로드리게스 혹은 라미레스가
불로
새로이 원초적인 빛,
액상 용암으로 바꾸었다,
그 뒤에
대지여, 너처럼 단단한,
성난 쇠붙이여,
넌 내 삼촌의 작은 손의
철사나 편자,

배나 기관차,
학교의 골조,
총알의 속도가
되었다.
불모의 땅, 손바닥에
지문 없는 손,
난 너를 노래한다,
지저귀는 새소리도,
메마르고, 딱딱하고 닫힌,
노래하는 물줄기의
장미도 없는 이곳,
적대적인 주먹, 검은
별,
난 너를 노래한다,
그건 인간이
네가 출산하게 하고, 너를 열매로 가득 채우고,
너의 씨방을 찾고,
너의 비밀스런 잔에
특별한 광선을 흘릴 것이기 때문,
사막의 흙이여,
순수한 계통이여,
너에게 나의 노랫말을 바친다,

그건 네가 죽은 것처럼 보이지만
다이너마이트의 채찍질이
너를 깨우기 때문,
핏빛 연기 기둥이
분만을 알리고
쇠붙이들이 하늘로 도약하기 때문.
대지여, 난 점토와
모래 속의 네가 좋다,
네가 나를 빚었던 것처럼,
나는 널 일으켜 너를 빚는다,
그러면 넌 나의 손가락에서 미끄러진다,
내가 속박에서 풀려나
너의 널찍한 자궁으로 돌아갈 것처럼.
대지여, 갑자기
널 만지는 것만 같다,
구멍투성이 메달,
자그마한 항아리의
모든 테두리에서,
나의 두 손은
너의 형상 속을 거닌다,
사랑하는 여자의 둔부,
앙증맞은 젖가슴,

부드럽고 따스한 귀리의
낟알 같은 바람을 발견하며,
대지여, 난 너를 꼭 끌어안고,
네 곁에서 잠든다,
나의 팔과 나의 입술 네 허리에 동여맨 채,
너와 함께 잠들고 가장 깊은 입맞춤의 씨를 뿌린다.

토마토를 기리는 노래 Oda al tomate

여름,

한낮,

거리는

토마토로 가득했다,

햇빛은

토마토

두

쪽으로

쪼개지고,

즙은

거리를

흘러 다닌다.

12월에

토마토가

풀려나,

부엌을

침범한다,

점심상에 나타나

차분히

자리를 잡는다,

찬장 위에,

잔과

버터 접시,
파란 소금통 사이에.
고유한 빛을,
인자한 위엄을
지니고 있다.
우린, 불행히도,
그를 살해해야 한다.
살아 있는 과육에,
붉은
내장에
칼이
가라앉는다,
싱그럽고
깊고,
무진장한
태양이
칠레의
샐러드를 가득 채우고,
투명한 양파와
즐거이 혼례를 올린다,
결혼을 축하하기 위해
반쯤 열린 반구(半球) 위로

올리브 나무의
본질적인
자식,
올리브유가
끼얹어지고,
후추는
향기를,
소금은 자성(磁性)을
더한다.
오늘의
결혼식이다,
파슬리는
작은 깃발들을
들어 올리고,
감자는
펄펄 끓는다,
구운 고기
향이
문을
두드린다,
이때다!
어서 가자!

식탁 위,
여름의
허리에서,
흙의 항성(恒星),
반복되는
풍요의
별,
토마토는
우리에게 보여 준다,
자신의 주름과
수로를,
이름난 충만을,
그리고 씨도 없고,
겉껍질도,
비늘도 가시도 없는
풍요는
불타는 색깔의
선물과
싱그러움을 통째로
우리에게 건넨다.

폭풍우를 기리는 노래 Oda a la tormenta

어젯밤
그녀가
왔다,
성난 얼굴로,
푸른, 밤의 색깔로,
붉은, 포도주 색깔로,
폭풍우는
물의 머리카락,
차가운 불의 눈을
가져왔고,
어젯밤엔 땅 위에서
잠들고 싶어 했다.
성난 별에서,
하늘의 동굴에서
막 펼쳐져,
갑자기 도착해서는,
잠자기를 원했고
이불을 폈다,
밀림과 도로를 휩쓸고,
산을 쓸어갔다,
대양의 돌들을 깨끗이 씻었다,
그러고는

마치 깃털인 양
소나무 숲을 헤집어
잠자리를 만들었다.
불의 자루에서
번갯불을 꺼냈고,
커다란 술통 같은
천둥이 치게 했다.
갑자기
침묵이 엄습했다:
나뭇잎 하나,
날아가는 바이올린처럼
홀로 허공을 떠돌았다,
이윽고,
땅에
닿기 전에,
폭풍우여, 넌 손으로
나뭇잎을 잡아챘다,
넌 온 바람이
뿔피리를 불게 했고,
온 밤이
말을 타고 질주하게 했고,
온 얼음이 휘파람을 불게 했다,

야생의
나무들이
사슬에 묶인 사람들의
불행을 말하게 했고,
대지가
해산 중인
어머니처럼 신음하게 했다,
그리고 한 번 훅 불어
풀 혹은
별의 소리를
감추었고,
나른한 침묵을
아마포처럼
찢었다,
세상은 오케스트라와
분노와 불로 가득 찼다,
그리고 번갯불이
인광 형형한 네 이마의
머리카락처럼 떨어졌을 때,
네 전사 허리춤의
검처럼 떨어졌을 때,
세상이 끝나 가고 있다고

이미 우리가 믿고 있을 때,
바로 그때,
빗줄기,
빗줄기,
온통
빗줄기뿐이었다,
온 대지, 온
하늘은
쉬고 있었고,
밤은
인간의 꿈 위로
떨어지며 피를 쏟았다,
오직 비,
시간과 하늘의
물뿐:
부러진 나뭇가지 하나,
버려진 둥지 하나 말고는
아무것도 떨어지지 않았다.

네 음악의
손가락으로,
네 지옥의 굉음으로,

네 밤 화산들의
불길로,
넌 나뭇잎 하나
들어 올리며 희롱했고,
강에게 힘을 주었다,
넌 사람들에게
인간이 되는
법을 가르쳤고,
약자에게는 두려워하는 법을,
달콤한 연인들에게는 눈물 흘리는 법을,
창문에게는
흔들리는 법을 가르쳤다,
그러나
네가 우리를 파괴하려 했을
때,
칼처럼
하늘에서 분노가 내려왔을
때,
모든 빛과 그림자가
몸을 떨고,
어둠 깔린 바닷가에서
울부짖으며

소나무들이 서로 물어뜯을 때,
너, 연약한
폭풍우여, 성난,
나의 애인이여,
넌 우리를 해치지 않았다:
넌 너의 별로
돌아갔고,
비,
녹색의 비,
꿈과 씨눈으로
가득한 비,
추수를
준비하는
비,
세상을 씻고,
세상을 닦고
세상을 새롭게 창조하는 비,
우리를 위한
그리고 씨앗들을 위한 비,
죽은 이들의
망각을 위한
그리고 우리의 아침 빵을

위한 비,
물과 음악,
넌 오직 그것만을
남겼다,
그러므로
폭풍우여,
난 너를 사랑한다,
나를 못 본 척하지 말아 다오,
돌아와
나를 깨워 다오,
나를 환하게 비춰 다오,
내게 너의 길을 보여 다오,
한 사내의 폭풍우 몰아치는
결연한 목소리, 너와 합류하여
너의 노래로 노래할 수 있도록.

옷을 기리는 노래 Oda al traje

옷이여, 넌 매일 아침
의자 위에서 기다린다,
나의 허영이, 나의 사랑이,
나의 희망이, 나의 몸뚱이가
널 채워 주길.
잠에서
깨자마자
물과 작별하고,
너의 소매 속으로 들어간다,
나의 다리는 네 다리의
빈 곳을 찾는다,
그렇게 한결같은
너의 충실함에 안겨
난 밖으로 나가 풀밭을 밟는다,
시(詩) 속으로 들어가고,
창문을 통해 바라본다,
사물들,
남자들, 여자들,
사건과 투쟁이
쉼 없이 나를 벼리고,
나를 맞서게 한다,
내 손이 경작하게 하고,

나를 눈뜨게 하고,
내 입을 닳게 한다,
옷이여,
나 역시,
너의 팔꿈치가 튀어나오게 하고,
너의 실올을 끊어 놓으며,
그렇게 너를 벼린다,
그렇게 너의 삶은
내 삶의 모습으로 자란다.
넌 마치 내 영혼인 양
바람에
펄럭이며 울려 퍼진다,
나쁜 순간에
넌 나의 텅 빈
뼈에 들러붙고, 밤이면
어둠과 꿈이
유령들과 함께
너의 날개와 나의 날개에
내려앉는다.
언젠가
적의
총탄이

너에게 내 피의 얼룩을 남기게 될지
궁금하다,
그러면
넌 나와 함께 죽을 것이다,
어쩌면
모든 게
그렇게 극적이지 않고
단순할지 모른다,
옷이여,
넌 나와 함께
병들어 가리라,
나와 함께, 내 몸뚱이와 함께
늙어 가리라,
그리고 우리는 함께
땅속으로
들어갈 것이다.
그러므로
날마다
난 머리 숙여
너에게 인사를 건넨다, 그러면
넌 나를 껴안고 난 너를 잊는다,
우린 일심동체니까,

우린 한밤중에, 바람 앞에서,

거리에서 혹은 투쟁 속에서

줄곧

한 몸이리라,

아마도, 아마도, 언젠가는 움직임을 멈추겠지.

평온을 기리는 노래 Oda a la tranquilidad

넉넉한
휴식,
맑고,
잔잔한
물, 고요한 그림자,
폭포에서 호수가
생겨나듯 행동에서
나온다,
합당한 상이여,
정직한 꽃잎이여,
지금 나는
드러누워
흐르는 하늘을
바라본다,
하늘의 깊고 푸른 동체가
미끄러진다,
물고기들, 섬들,
강어귀들을 데리고
어디로
가는 걸까?
위에는
하늘,

아래에는
마른 장미
서걱거리는 소리,
작은 사물들이
부스럭거리고, 숫자처럼
곤충들이 지나간다:
대지다,
아래서는
뿌리들,
쇠붙이들,
물이
일하고,
우리의 몸에
스며들어와,
우리 안에서 싹을 틔운다.

하루는 나무 아래에서
꼼짝 않는데
우리는 알지 못했다:
모든 잎은 말하고,
다른 나무들의 소식,
나무들과 조국의

이야기를
주고받는다,
어떤 잎은 아직도
단단한
실안개처럼
나뭇가지 사이를 가로지르던
표범의 은밀한
형상을 기억한다,
다른 잎들은
폭풍우 시즌의
제왕,
대폭풍의 눈보라를 기억한다.
우린
나무들의 입,
아니
모든 입들이
말하게 내버려 두고
침묵해야 한다, 무수한 노래의
한가운데서 침묵해야 한다.
땅 위 그 무엇도 벙어리가 아니다:
우리
눈을 감고
미끄러지는 사물들,

자라는 갓난아이들,
보이지 않는 목재의
삐걱거리는 소리를
듣자,
그다음에
세상,
대지, 쪽빛 바닷물,
대기의 소리를 듣자,
모든 것들은
때로는
천둥소리를 내고,
또 때로는
아득한 강처럼 울린다.
평온이여, 일순간의, 하루의,
휴식이여,
우린 너의 깊은 곳에서
쇠붙이를 거둬들일 것이다,
너의 말 없는 겉모습에서
낭랑한 빛이 나오리라.
정제된 행동이란 무릇 그러하다.
그렇게 사람들은, 무심코,
대지의 생각을 말하리라.

슬픔을 기리는 노래 Oda a la tristeza

슬픔이여, 부러진 일곱 개의
다리를 가진 풍뎅이,
거미줄의 알,
머리 터진 쥐,
암캐의 해골이여:
여기로 들어오지 마라.
이리로 지나가지 마라.
곧장 가거라.
네 우산을 가지고
남쪽으로 돌아가라,
뱀의 이빨을 가지고
북쪽으로 돌아가라.
여기에는 시인이 살고 있다.
슬픔은 이 문으로
들어올 수 없다.
창문으로
세상의 공기,
갓 피어난 빨간 장미,
민중과 그들의 승리가
수놓인 깃발들이 들어온다.
넌 안 된다.
여기로 들어오지 마라.

네 박쥐 날개를
퍼덕여라,
너의 망토에서 떨어지는
깃털을 짓뭉개리니,
네 사체 조각들을
바람의 네 귀퉁이로
쓸어 버릴 테니,
내 너의 목을 비틀고,
너의 두 눈을 꿰매리니,
너의 수의(壽衣)를 짓고,
쥐 뼈 같은 너의 유골을
봄날 사과나무 밑에 묻으리니.

발파라이소를 기리는 노래 Oda a Valparaíso

발파라이소[•]여,
넌 얼마나
허무맹랑한가,
얼마나 실성했나,
정신 나간 항구여,
언덕이 있는
너의 머리는
온통 쑥대밭,
넌 빗질을
끝내는 법이 없다,
한 번도
옷 입을
겨를이 없었다,
언제나
삶이
불시에 너를 덮쳤고,

• 네루다는 1961년 발파라이소에 '라 세바스티아나(La Sebastiana)'라는 이름의 집을 마련하고 주기적으로 머물렀다. 1973년 쿠데타 와중에 크게 파괴되었고, 그의 사후 미망인 마틸데 우루티아에 의해 폐쇄되었다. 18년 동안 유령의 집으로 남아 있었으나, 민주화 이후 파블로 네루다 재단이 복구 작업에 착수해 1992년 다시 문을 열어 현재는 네루다 박물관으로 사용되고 있다.

셔츠 바람으로,
알록달록한 술 장식이 달린
긴 속바지 차림으로,
배에 이름을
문신으로 새기고
달랑 모자만 쓴
알몸 상태로
죽음이 너를 깨웠다,
지진이 너를 덮쳤고,
넌 미친 듯이
달렸다,
발톱이 깨졌고,
물과 돌이,
인도가,
바다가,
밤이
흔들렸다,
너는 항해에
지쳐
육지에서
잠이 들었고,
성난,

대지는
바다의 강풍보다
더 사나운
물결을 일으켰다,
먼지가
너의 눈을
덮었고,
불길이
너의 신발을 태웠다,
은행가들의
견고한 집은
상처 입은 고래처럼
요동쳤고,
그사이 위쪽에서는
가난한 이들의 집이
공중으로
솟구쳤다,
날개를 퍼덕이며
땅으로 곤두박질치는,
사로잡힌
새들처럼.
발파라이소여,

뱃사람이여,
넌 이내
눈물을
잊는다,
넌 가파른 비탈에
다시 집을 매달고
녹색 문들을,
노란
창문들을
다시 색칠한다,
넌 그 모든 것을
배로 바꾸어 놓는다,
넌 용감한,
작은
배의
새롭게 단장한
뱃머리다,
폭풍우는 노래하는
너의 밧줄들에 물거품을
선사하고,
대양의 빛은
견고한 너의 흔들림 속에서

셔츠와
깃발을 떨게 한다.

넌
검은
별,
멀리,
해안 언덕 꼭대기에서
반짝이며
재빨리
건넨다,
너의 감춰진 불,
너의 한적한 골목들의
술렁임,
네 움직임의
경쾌함,
네 뱃사람들의
환한 얼굴.
발파라이소여,
누덕누덕한 너의 창문에
매달린,
해진

티셔츠처럼
너절한
이 송가를
여기서 끝내련다,
네 땅의
온갖
고통에
흠뻑 젖은 채,
대양의
바람 속에
흔들리며,
온 힘을 다해
너의 바위를 때리지만,
대지의 물결에
맞서는
닻처럼
남부의 네 가슴에는
투쟁이,
희망이,
연대가,
기쁨이
문신처럼 새겨져 있기에

너를 쓰러뜨리지
못한,
성난 너른 바다의
입맞춤을,
바다의 이슬을
받아들이며.

세사르 바예호를 기리는 노래 Oda a César Vallejo

바예호[•]여,
그대 얼굴의 돌멩이,
메마른 산맥의
주름,
내 노래에서 난 기억한다,
허약한 몸통 위
그대의 거대한
이마,
땅 아래서 갓 파낸
그대 눈 속의
검은 석양,
우툴두툴,
거칠었던
나날들,
매시간은
제각각의 신산함
혹은 아득한
다정함을 지녔고,
삶의

• César Vallejo(1892-1938). 페루의 시인·극작가·소설가·저널리스트. 가난과 불행으로 점철된 생이 빚어낸 깊은 울림의 시편들을 남겼다. 시인 토머스 머튼은 그를 "단테 이후 가장 위대한 보편적 시인"이라 불렀다.

열쇠는
거리의
먼지투성이 빛 속에서
떨고 있었다,
그대는 땅속,
여행에서
천천히 돌아오고 있었고,
난 상흔으로 얼룩진
산정에서
문을 두드리고 있었다,
담벼락이
열리라고,
길이
펼쳐지라고,
난 발파라이소를 떠나
마르세유에 도착한 다음 배에 오르고 있었고,
세계는
향기로운 레몬처럼
싱싱한 노란 두 쪽으로
잘리고 있었다,
그대는
그대와 삶

그대의 죽음과 함께,
그대의 모래와 함께,
무(無)에
매인 채,
그곳에 머물렀다,
허공에서,
연기 속에서,
겨울의
부서진 골목길에서,
쓰러지며,
자신을 다스리며,
자신을 비우며.
파리였다, 그대는
가난한 이들의 낡아 빠진
호텔에 살았다.
스페인은
피를 흘리고 있었고,
우린 그곳으로 달려갔다.•

• 1936년 스페인 내전이 발발하자 바예호는 네루다와 함께 이스파노아메리카 스페인 지원단 결성에 앞장섰다. 1936년 12월 스페인을 방문하였으며, 이듬해 7월 세계 반파시스트 작가대회에 참석하기 위해 재차 스페인을 찾았다. 전쟁의 비극을 담은 『스페인이여, 내게서 이 잔을 거두어

그 뒤
그대는 또다시
연기 속에 남았고,
그래서 이제
그대가, 갑자기, 세상을 떴을 때,*
그대의 유골을 품은 것은
상처투성이
땅도,
안데스의 돌도
아니요,
연기,
파리의 겨울
차가운 서리였다.

땅과 대기에서,
삶과 죽음에서,
두 번 추방당한,

다오』가 사후 1939년에 출간되었으며, 이 시집은 네루다의 『가슴속의 스페인』과 더불어 스페인 내전에 대한 대표적인 시적 증언의 하나다.
* 건강이 악화되어 1938년 4월 15일 파리에서 사망했다. 몽루주 공동묘지에 묻혔다가 1970년 부인 조젯 바예호에 의해 몽파르나스 공동묘지로 이장되었다.

그대의 점토에서
멀리 떨어진 채,
페루에서, 그대의 강들에서,
추방당한
내 형제여.
살아서는 미처 몰랐는데,
죽고 나니 그대가 그립다.
그대의 땅에서
방울 하나하나,
가루 하나하나,
그대를 찾아 헤맨다,
그대의 얼굴은
누렇고,
그대의 얼굴은
가파르고,
그대는 옛 보석들로,
깨진
그릇들로
가득하다,
난
먼 옛날의
계단을 오른다,

아마도 그대는
황금 실에
휘감기고,
터키옥에
덮여,
말없이,
길을 잃었으리라,
혹 어쩌면
그대의 고향에,
그대의 종족 가운데 있으리라,
뿌려진
옥수수 알갱이로,
깃발의
씨앗으로.
어쩌면, 어쩌면 지금
그대는 환생하여
돌아올지 모른다,
마침내
그대는
여행에서 돌아오고,
그리하여
언젠가

그대는

조국의

한복판에서

그대 수정의 수정, 그대 불 속의 불,

자줏빛 돌의 광선으로,

살아

봉기하리라.

여름을 기리는 노래 Oda al verano

여름, 빨간 바이올린,
맑은 구름,
서걱서걱
톱질 소리
혹은 매미 울음소리가
너를 앞서간다,
눈(目)처럼 반짝이는,
매끄러운,
반구형
하늘,
그 눈길 아래,
여름,
가없는
하늘의 물고기,
살랑대는 날개,
굼뜬
나른함,
꿀벌의
볼록한 작은 배,
마귀 들린
태양,
밭 가는 황소처럼

땀을 뻘뻘 흘리는,
아버지 같은, 가공할 태양,
돌연한
몽치질 같은
머릿속
메마른 태양,
모래 위를
걷는
목마른 태양,
여름,
황량한 바다,
유황을 캐는
광부는
누런 땀을
뒤집어쓰고,
비행사는
햇살을 가르며
하늘빛 태양을
떠돈다,
검은
땀방울
이마에서

눈으로

미끄러지고

로타[*]

광산에서

광부는

검은

이마를

훔친다,

파종한 들판은

불타고,

밀은

바스락거린다,

파란색

곤충들은

그늘을

찾고,

산들바람을

건드리고,

금강석에

머리를

---

* 칠레 중부 비오비오주에 위치한 도시. 전통적인 석탄 산지로 잘 알려져 있으나 1990년대에 광산업이 막을 내렸다.

묻는다.

오 풍성한
여름,
농익은
사과
실은
수레,
채소밭의
딸기
입, 야생
자두의 입술,
먼지
위로
부드러운 먼지 날리는
길들,
한낮,
붉은
구리 북,
저녁이면
불은
휴식을 취하고,

대기는
클로버를
춤추게 하고, 황량한
발전소로 들어간다,
산뜻한
별 하나
어두운
하늘에
떠오른다,
여름
밤은
불에 타지 않고
탁탁 소리를 낸다.

삶을 기리는 노래 Oda a la vida

밤새도록
고통이
도끼로 나를 내리쳤다,
그러나 꿈은
피투성이 돌들을 검은 물처럼
씻으며 지나갔다.
오늘 나는 다시 살아 있다.
삶이여,
오늘 다시
내 어깨 위로
너를 일으켜 세운다.

오 삶이여,
투명한 잔이여,
갑자기 너는
구정물로,
김빠진 포도주로,
고뇌로, 상실로,
가공할 거미줄로
가득 채워진다,
그러자 많은 사람들은 네가
그 지옥의 색깔을

영원히 간직할 거라 믿는다.

그렇지 않다.
느릿느릿 하룻밤이 지나가고,
찰나의 순간이 흐른다,
그리고 모든 것이 바뀐다.
삶의 잔은
투명함으로
가득 채워진다.
하 많은 일이
우리를 기다린다.
일거에 비둘기들이 태어난다.
대지 위로 빛이 내려앉는다.

삶이여, 가련한
시인들은
네가 쓴맛을 지녔다고 믿었고,
너와 함께,
세상의 바람과 함께
침대 밖으로 나가지 않았다.

그들은 너를 찾지 않고

구타당했고,
검은 구멍을
파고,
쓸쓸한 구덩이의
비애 속으로
가라앉았다.

그렇지 않다, 삶이여,
넌
내가
사랑하는 여인처럼 아름답고
네 품속에선 박하 향이
난다.

삶이여,
넌
충만한 기계,
행복, 폭풍우의
소리, 은은한
올리브유의 부드러움.

삶이여,

넌 포도밭 같다:
넌 빛을 모아 두었다가 포도송이로
바꾸어 나눠 준다.

너를 거부하는 자여,
한순간이나 하룻밤만,
길거나 짧거나 1년만
기다려라,
거짓 고독에서
벗어나라,
탐색하고, 투쟁하고, 다른
사람들과 손을 맞잡아라,
불행을 맞아들이지도
불행에게 알랑거리지도 마라,
석공이 돌로 그렇게 하듯,
불행으로 담을 쌓아
불행을 물리쳐라,
불행을 잘라
그것으로 바지를
지어라.
삶이 우리를 기다린다,
삶의 품속에서 풍기는

야생의
바다 냄새와
박하 향을 사랑하는
우리 모두를.

포도주를 기리는 노래 Oda al vino

낮 색깔의 포도주,
밤 색깔의 포도주,
자줏빛 발 혹은
황옥색 피의
포도주,
별이 총총한
대지의 아들,
황금의 검처럼
매끄럽고, 헝클어진
벨벳처럼 부드러운
포도주,
공중에 떠 있는
달팽이 모양의,
다정다감한,
바다의 포도주,
넌 결코 하나의 잔, 하나의 노래,
한 사람 안에 담긴 적이 없다,
넌 군생하는, 적어도
둘 이상이 함께 사는 산호.
이따금
넌 치명적인
기억을 섭취한다,

얼어붙은 무덤의 석공이여,
우린 너의 파도에 실려
이 무덤 저 무덤 떠돌며
덧없는
눈물을 쏟는다,
그러나
너의 아름다운
봄옷은
다르다,
심장은 나뭇가지로 올라가고,
바람은 햇살을 흔든다,
꿈쩍 않는 너의 영혼 속에는
아무것도 남은 게 없다.
포도주는
봄을 흔들고,
기쁨 차오른 초목처럼 자라고,
벽이,
큰 바위가 무너진다,
심연이 닫히고,
노래가 태어난다.
"곁에는 사랑하는 달콤한 여인,
그리고 오 너, 황야의 포도주 항아리여,"•

어느 노시인이 이렇게 노래했다.
포도주 단지가
사랑의 입맞춤에 자신의 입맞춤을 더하길.

나의 사랑아, 돌연
너의 둔부는
넘치는
술잔의 곡선,
너의 젖가슴은 포도송이,
술 빛은 너의 머리카락,
포도 알은 너의 젖꼭지,
너의 배꼽은 너의 항아리 배에
찍힌 순결한 인장
그리고 너의 사랑은 무진장한
포도주의 폭포,
나의 오감 속으로 떨어지는 빛살,
대지의 생명의 광채.

그러나 넌 사랑만이 아니다,
불타는 입맞춤이나

• 피츠제럴드가 영역한 페르시아 시인 오마르 하이얌의 4행시집 『루바이야트』의 열두 번째 시를 가리키는 것으로 보인다.

불탄 심장만이 아니다,
생명의 포도주여, 넌
또한
사람들의 우정, 투명함,
일사불란한 합창,
한 아름의 꽃이다.
식탁 위에서
이야기꽃을 피울 때,
난 총명한 포도주가 담긴
술병의 빛을 사랑한다.
그걸 마시라,
황금 방울마다
황옥의 잔마다
자줏빛 숟가락마다
기억하라,
항아리를 포도주로 가득 채우기까지
가을이 부지런히 일했음을,
아둔한 사람아,
거래의 의식(儀式) 속에서,
대지와 대지의 의무를 기억하는 법,
결실의 찬가를 널리 퍼뜨리는 법을 배우라.

"나는 잡식성이어서 감정, 존재, 책, 사건, 전투 등 무엇이나 삼킨다.
온 땅을 먹고 싶고, 온 바다를 마시고 싶다."
— 파블로 네루다

"나는 시가 무언지도 모를 때부터 시를 쓰고 있었다."
— 파블로 네루다

아내 마틸데 우루티아와 함께 있는 네루다

1904년 7월 12일 칠레 중부 파랄에서 출생. 본명은 네프탈리 리카르도 레예스 바소알토(Neftalí Ricardo Reyes Basoalto). 네루다가 태어난 지 한 달 만에 모친 사망.

1906년 가족과 함께 테무코로 이주.

1918년 산티아고에서 발행되는 《뛰어라-날아라(Corre-Vuela)》 지에 「나의 눈」을 비롯한 네 편의 시 발표.

1920년 체코의 시인 얀 네루다의 이름에서 영감을 얻은 파블로 네루다라는 필명을 사용하기 시작.

1921년 칠레 대학교에 입학. 칠레학생연맹이 주최한 콩쿠르에서 「축제의 노래」로 1등상 수상.

1923년 첫 시집 『황혼일기』 출간.

1924년 시집 『스무 편의 사랑 시와 하나의 절망 노래』 출간.

1925년 시집 『무한한 인간의 시도』 출간.

1926년 소설 『거주자와 그의 희망』과 산문집 『반지』 출간.

1927년 버마 랑군 주재 명예영사로 임명되어 극동 생활 시작.

1928년 실론 콜롬보 주재 영사로 부임.

1930년 인도네시아 바타비아 주재 영사로 부임. 네덜란드 출신의 마리아 안토니타 하허나르와 결혼.

1931년 싱가포르 영사로 부임.

1932년 싱가포르와 자바의 영사직 폐지로 두 달간 항해 끝에 귀국.

1933년 시집 『열광적인 투석꾼』과 『지상의 거처』 출간. 부에노스아이레스 주재 영사로 부임. 가르시아 로르카와 만남.

1934년 바르셀로나 주재 영사로 부임. 딸 말바 마리나 출생.

1935년 마드리드 주재 영사로 부임. 스페인 27세대 시인들과 교우. 『지상의 거처』 증보판이 두 권으로 출간. 그의 주도로

전위주의 시 잡지 《시를 위한 초록 말(Caballo Verde para la Poesía)》 창간.

1936년 스페인 내전 발발 후 친공화파 활동으로 영사직에서 파면당함. 낸시 큐나드와 함께 파리에서 선전지 형태의 잡지 《세계의 시인들은 스페인 민중을 지지한다(Los poetas del mundo defienden al pueblo español)》 발간. 마리아 안토니타와 결별.

1937년 세사르 바예호와 함께 스페인공화국 옹호를 위한 이베로아메리카위원회 결성. 발렌시아와 마드리드, 바르셀로나에서 열린 세계반파시스트작가대회 참가. 시집 『가슴속의 스페인』 출간.

1938년 부친과 양어머니 사망. 잡지 《아우로라 데 칠레(Aurora de Chile)》 창간.

1939년 파리에 본부를 둔 스페인 망명 단체 특별영사로 부임. 2300명이 넘는 스페인 난민을 칠레로 이주시키는 임무 수행.

1940년 멕시코 주재 총영사로 부임. 다비드 시케이로스, 디에고 리베라 등의 멕시코 화가들과 교우.

1942년 딸 말바 마리나가 여덟 살 나이로 사망.

1943년 델리아 델 카릴과 재혼. 멕시코에서 『칠레의 모두의 노래』가 비매품으로 출간. 귀국길에 잉카 유적지 마추픽추 방문.

1945년 칠레 북부의 타라파카·안토파가스타주에서 상원의원에 당선. 국가문학상 수상. 칠레공산당 입당.

1946년 대통령 선거에서 곤살레스 비델라 후보의 홍보책임자로 활동. 파블로 네루다가 법적 이름으로 공인됨.

1947년 시집 『제3의 거처』 출간.

1948년 「나는 고발한다(Yo acuso)」라는 제목의 상원 연설로 의원직을 박탈당하고 체포령이 내려짐. 도피 생활을 하며

『모두의 노래』 집필.

1949년 안데스를 넘어 아르헨티나로 탈출. 소련을 방문하여 푸시킨 탄생 150주년 기념행사에 참석.

1950년 『모두의 노래』가 멕시코에서 출간. 연작시 「나무꾼이여 깨어나라(Que despierte el leñador)」로 제2차 세계평화옹호대회에서 세계평화상 수상.

1951년 베이징 아시아문학좌담회에서 월북 작가 이태준과 만남.

1952년 이탈리아 거주. 시집 『대장의 노래』 나폴리에서 익명으로 출간. 체포령 철회로 귀국하여 이슬라네그라에 정착.

1953년 스탈린평화상 수상.

1954년 시집 『너를 닫을 때 나는 삶을 연다 : 기본적인 송가』와 『포도와 바람』 출간.

1955년 델리아 델 카릴과 결별. 강연집 『여행(Viajes)』 출간.

1956년 시집 『새로운 기본적인 송가』 출간.

1957년 아르헨티나의 로사다 출판사에서 전집 초판 발행. 시집 『세 번째 송가집』 출간.

1958년 시집 『방랑 일기』 출간.

1959년 카라카스 주재 쿠바 대사관에서 피델 카스트로와 만남. 시집 『항해와 귀향』과 『100편의 사랑 소네트』 출간.

1960년 쿠바혁명 찬가 『무훈의 노래』 출간.

1961년 시집 『의식(儀式)의 노래』와 『칠레의 돌』 출간.

1962년 시집 『충만한 힘』 출간.

1964년 시집 『이슬라네그라의 추억』 출간. 셰익스피어의 『로미오와 줄리엣』 스페인어로 번역, 출판.

1966년 시집 『새들의 재주』와 산문집 『모래 위의 집』 출간. 마틸데 우루티아와의 결혼이 법적으로 공인됨.

1967년 시집 『바르카롤라』와 극작품 『호아킨 무리에타의 영광과 죽음』 출간. 국제 비아레지오 문학상 수상.

1968년 시집 『하루의 손』 출간.

1969년 미겔 앙헬 아스투리아스와 함께 쓴 산문집 『헝가리에서의 식사』 출간. 시집 『세상의 끝』과 『아직도』 출간. 칠레 공산당에 의해 대통령 예비 후보로 지명.

1970년 살바도르 아옌데가 인민연합 단일 후보에 추대되도록 후보를 사퇴함. 대통령 선거에서 아옌데 당선. 시집 『불타는 칼』과 『하늘의 돌』 출간. 파리 주재 대사로 부임.

1971년 노벨문학상 수상.

1972년 시집 『불모의 지리』와 『갈라진 장미』 출간.

1973년 시집 『닉슨 암살 선동과 칠레혁명 찬양』 출간. 9월 11일 피노체트의 군사 쿠데타로 아옌데 정권이 붕괴된 지 12일 만인 9월 23일 산티아고의 산타마리아 병원에서 예순아홉 살을 일기로 사망. 시집 『바다와 종』 출간.

1974년 자서전 『나는 살았네』와 유고 시집 『겨울 정원』, 『노란 심장』, 『질문의 책』, 『엘레지』, 『2000년』, 『골라 뽑은 결점들』 출간.

1978년 산문집 『난 태어나기 위해 태어났다』 출간.

2015년 시집 『「어둠 속에서 네 발을 만진다」 외 미발표 시』 출간.

잉크보다 피에 더 가까운 시인

김현균

미국의 문학평론가 헤럴드 블룸은 『서구의 정전들』에서 모든 시대를 통틀어 서구의 가장 고전적인 시인의 한 사람으로 네루다를 꼽고 있다. 그러나 2500편이 넘는 방대한 시 중에서 어느 시기 어느 작품에 '고전적' 가치를 부여할 것인지에 대해서는 비평계에서 의견이 크게 엇갈려 『지상의 거처(Residencia en la tierra)』를 "서구 언어로 쓰인 가장 위대한 초현실주의 작품의 하나"로 극찬하는가 하면, 『모두의 노래(Canto general)』를 현실 참여적인 투쟁적 리얼리즘의 빼어난 예로 치켜세우기도 한다. 한편에서는 스페인 내전 이후 그의 시에서 두드러지는 정치성과 역사의식을 시의 순수성 훼손이라는 굴레를 씌워 폄하하고, 다른 한편에서는 탈현실성, 탈역사성을 이유로 초기의 시를 깎아내리기 일쑤다. 시인 자신도 이러한 양가적 시선을 의식하고 자서전에 이렇게 적고 있다. "나를 초현실주의 시인으로 여기는 이들도 있고, 리얼리스트 시인으로 여기는 이들도 있다. 또 혹자들은 아예 시인으로 생각하지도 않는다. 모두 부분적으로는 옳고 부분적으로는 틀리다." 손쉬운 일반화를 허락하지 않는 다양성과 풍요에서 비롯한 평가의 양극화와 함께 네루다 시의 본질적 가치를 훼손하는 오독의 역사가 시작된다. 실은 순수문학과 참여문학, 모더니즘과 리얼리즘, 주체와 객체, 역사와 신화, 부드러움과 단호함의 경계를 가로지르는 유연함과 복합성이야말로 그의 시가 지닌 최고의 미덕이다. 그의 문학이 사회주의와 자유주의 진영 모두에서 동시에 찬양되고 비판받았으며 그가 단순한 시인의 차원을 넘어 냉전과 권위주의의 한복판에서 문학 투사로서 현실 정치와 밀착된 삶을 살았다는 사실도 이 오독의 역사와 무관하지 않다. 1951년 베이징에서 열린 아시아문학좌담회에서 이태준이 네루다를 처음 만난 이후 김수영, 김남주, 정현종 등으로 이어져온 우리의 네루다 수용사도 숱한 이념적 논제에 휘둘려온 문학계의 현실과 맞물려 이러한 프레임을 크게 벗어나지 못했다. 그러나 이데올로기적 측면을 논외로 하면, 네루다 시의 작품성에 대해서는 반론의 여지가 거의 없다. '반시(反詩)'를 주창하며 신화화되고 권력화한 기성 시인들에게 가차 없이 총구를 겨누었던 칠레 시인 니카노르 파라의 말은 그의 문학적 수준과 영향력을 잘 말해준다. "네루다를 잊는 방법은 두 가지가 있습니다. 하나는 그를 읽지 않는 것이고, 다른 하나는 악의를 가지고 읽는 것입니다. 나는 두 가지를 다 시도해 보았습니다. 그러나 어느 쪽도 별 효과가 없더군요."

이러한 네루다의 문학적 성취는 1971년 노벨상 수상으로 합당한 보상을 받았고, 그는 수상연설에서 이렇게 말했다. "나는 지리적으로 다른 나라들과 동떨어진 어느 나라의 이름 없는 변방에서 왔습니다. 그동안 나는 시인들 가운데서 가장 소외된 시인이었으며 지역의 한계에 갇힌 나의 시에서는 늘 고통의 비가 내렸습니다." 이 진술은 라틴아메리카 작가들의 숙명적 변방 의식을 드러내는 동시에 그가 살아온 시인으로서의 굴곡 많은 삶을 떠올려준다. 네루다는 1904년 7월 12일 칠레 중부의 파랄에서 태어났다. 어머니 로사는 그가 태어난 지 한 달 만에 결핵으로 사망한다. 두 살 때 철도원이던 아버지를 따라 남부의 소도시 테무코로 이주하였으며, 병약하고 예민했던 소년은 의붓어머니의 따뜻한 보살핌 속에 시인의 꿈을 키워간다. 그리고 1921년 칠레대학에 진학하기 위해 산티아고 행 기차에 몸을 싣는다. 프랑스어 교사의 꿈을 안고 유학길에 올랐지만 그를 기다린 것은 궁핍한 보헤미안의 삶이었다. 네루다는 스무 살의 나이에 꿈과 사랑, 이별, 멜랑콜리로 점철된 이 시기의 삶의 기록인 『스무 편의 사랑의 시와 하나의 절망의 노래(Veinte poemas de amor y una canción desesperada)』(1924)를 펴낸다. 우수어린 관능적 정서 가득한 이 사랑의 시집 덕분에 시인으로 이름을 얻게 되지만, 그렇다고 시가 그의 주린 배를 채워 주지는 못한다. 젊은 작가들이 앞다투어 유럽으로 몰려가던 때에 그는 배고픔의 문제를 해결하기 위해 랑군 주재 명예영사를 맡아 극동으로 향한다. 『지상의 거처』에는 "낯선 소리에 둘러싸인 언어적 추방상태"에서 세상과의 소통이 철저하게 단절된 시인의 "빛나는 고독"이 오롯이 투영되어 있다.

1932년 싱가포르와 자바에서 영사직이 폐지되자 두 달간의 긴 항해 끝에 조국 땅을 다시 밟는다. 그 후 부에노스아이레스와 바르셀로나를 거쳐 1935년 마드리드 주재 영사로 부임한 네루다는 스페인 문학의 새로운 황금기를 이끌던 27세대 시인들과 교유하면서 오랫동안 그를 옥죄었던 변방 의식에서 비로소 벗어날 수 있었다. 당시 스페인은 제2공화국의 불안정한 시기였으며, 1930년대의 시대적 위기를 뛰어나게 형상화한 달리의 그림 제목처럼 '내전의 예감'이 이베리아의 하늘을 무겁게 짓누르고 있었다. 그리고 1936년 7월 마침내 전쟁의 불길이 타올랐다. 제2차 세계대전, 사회주의 국가들의 출현과 냉전, 쿠바 혁명, 아옌데 정부의 출범과 붕괴 등 그의 삶을 뒤흔든 20세기의 역사적 사건은 수없이 많지만, 고독과 절망의 문학에서 혁명과 저항의 문학으로 그의 시를 송두리째 바꿔놓은 터닝 포인트는 단연 스페인 내전이다. 전쟁의 와중에 네루다는 절친한 벗이었던 가르시아 로르카와 그를 친형처럼 따르던 양치기 목동 시인 미겔 에르난데스를 잃는 아픔을 겪는다. 특히 그가 "기지와 천재성, 수정 폭포 같은 날개 달린 심장이 절묘하게 결합된" 인물로 묘사한 바 있는 가르시아 로르카가 1936년 8월 그라나다에서 암살된 사건은 지울 수 없는 상처를 남겼다. 조지

오웰은 스페인의 역사가 1936년에서 멈추었다고 말한 바 있지만, 1936년에 멈춘 것은 스페인의 역사만이 아니었다. 네루다의 과거의 시적 행보도 1936년에 멈추었다. 시 「분노와 고통(Las furias y las penas)」에 붙인 서문에서 시인 자신이 밝힌 대로, 세상은 변했고 그의 시도 변한 것이다.

안달루시아 시인의 죽음을 계기로 네루다는 공화파 편에 서서 전쟁의 폭력성과 불의에 대해 날선 비판을 쏟아내기 시작한다. 물론 그가 공화파의 대의를 지지하게 된 데는 훗날 그의 두 번째 부인이 되는 활동가 델리아 델 카릴의 영향도 간과할 수 없다. 외교관의 본분을 망각한 친공화파적 처신을 못마땅해 한 칠레 정부가 영사직을 박탈하지만, 그는 스페인과 프랑스를 오르내리며 활발한 반파시즘 활동을 전개한다. 특히 1939년에는 특별영사 자격으로 프랑스의 집단수용소에 수용되어 있던 2300여 명의 공화파 난민을 위니펙 호에 실어 무사히 칠레로 구출해 내는 "숭고한 사명"을 완수하기도 했다. 스페인 내전의 경험은 가공할 전쟁의 참화를 고발하고 있는 네루다 최초의 정치시집 『가슴속의 스페인(España en el corazón)』에 고스란히 담겨 있다. 몬세라트 수도원의 낡은 풍차 방앗간에서 "적군의 깃발에서부터 무어인 병사의 피 묻은 옷에 이르기까지" 갖가지 기이한 재료를 뒤섞어 만든 종이에 인쇄된 이 시집은 "전장의 한가운데서 태어나 산화한 불타는 책"이었다.

내전을 통해 눈뜬 시인의 역사의식은 피노체트의 군사쿠데타로 아옌데 정권이 무너진 지 12일 만인 1973년 9월 23일 69세를 일기로 죽음을 맞는 순간까지 결코 잠들지 않는다. 아메리카의 대서사시 『모두의 노래』, 사회주의 국가들에 바쳐진 『포도와 바람(Las uvas y el viento)』, 쿠바혁명 찬가 『무훈의 노래(Canción de gesta)』, 사망 직전 출간된 『닉슨 암살 선동과 칠레혁명 찬양(Incitación al nixonicidio y alabanza de la revolución chilena)』 등이 이를 증명해준다. 1927년 극동으로 가는 길에

처음 발을 디딘 이래 평생 스페인에 머문 시간은 2년이 채 안 되지만, 네루다에게 "어머니이자 조국"이었던 스페인의 경험은 새로운 문학적 행보를 위한 출발점이 되었던 것이다. 그러나 많은 작가들이 유럽에 체류하며 역설적으로 라틴아메리카를 (재)발견한 것과 달리 이 시기 그의 작품에서 아메리카에 대한 관심은 쉽게 찾아볼 수 없다. 오랫동안 가슴에 품고 있던, 조국 칠레의 자연과 역사에 대한 재해석보다 스페인을 비롯한 유럽의 정치 상황이 더 절박하게 다가왔던 것이다. 그러나 수많은 여행을 통해 대륙의 역사와 현실을 목도하면서 점차 아메리카가 중심주제로 떠오른다. 특히 마추픽추 유적과의 만남은 그 과정에서 결정적인 중요성을 갖는다. 네루다는 1943년 멕시코 주재 총영사 임기를 마치고 귀국길에 마추픽추를 찾았다. 이 경험은 서구의 과거는 숭배하면서도 정작 자신의 소중한 유산에는 눈감았던 과거의 "귀족주의적 세계주의"를 통렬하게 반성하는 계기가 되었다. 장엄한 유적 앞에서 시인은 자신이 "아득한 어떤 때에 그곳에서 고랑을 파고 바위를 다듬으며 일하고 있었"음을 느끼고, 또 스스로 "칠레인이자 페루인이요, 아메리카인"임을 깨닫게 된다. 이처럼 수 세기 동안 안데스에 묻혀 있던 "돌의 배꼽의 중심"과의 운명적 만남은 시인의 인식 지평이 조국 칠레를 넘어 아메리카 전체로 확장되는 터닝 포인트가 된다. 이 시기는 1936년에 시작된 그의 정치 활동이 한층 구체화된 때이기도 하다. 1945년 3월 칠레 북부의 광산지대 타라파카·안토파가스타 주에서 상원의원에 당선되었으며, 같은 해 7월에는 칠레 공산당에 입당한다. 또한 1946년 대통령선거에서는 좌파 정당의 지지를 받던 곤살레스 비델라 후보의 홍보책임자로 활동한다. 그러나 1948년 비델라 정부가 공산당과의 협약을 파기하고 파업 중인 광산노동자들을 탄압하자 상원에서 「나는 고발한다(Yo acuso)」라는 제하의 연설을 하여 면책특권을 박탈당하고 국가원수 모독죄로

체포영장이 발부된다. 1949년 2월 말을 타고 안데스를 넘어 망명길에 오르기까지 네루다는 1년 남짓 은신처를 옮겨 다니며 『모두의 노래』 집필에 몰두한다. 마드리드 거리에 뿌려진 피와 마추픽추에서 발견한 아메리카적 뿌리에 대한 의식은 끊임없는 변주를 통해 이후 그의 문학의 영원한 창작 원천으로 자리매김한다.

15부로 구성된 『모두의 노래』는 정치시의 완결판으로서 1959년 쿠바로 구체화된 혁명의 시대를 예고한 예언서와도 같은 상징적 시집이다. 집필 의도는 1400년의 토착 문명부터 마지막 수록 시 「여기서 끝마친다(Termino aquí)」가 쓰인 1949년에 이르기까지 "중간중간 끊어진 아메리카의 지형" 같은 영욕의 역사를 빠짐없이 드러냄으로써 시간의 한계를 초월한 광대한 영속으로서의 역사 개념을 통해 아메리카의 심오한 뿌리를 탐구하는 것이었다. 시인은 "가발도 연미복도 존재하지 않았던" 정복 이전 아메리카의 숭고한 자연에서 칠레 해안의 소소한 자연에 이르기까지, 또 위대한 역사적 신화에서 일상적인 것에 대한 이데올로기적 해석에 이르기까지 모든 잊힌 기억을 끌어오는 '기억의 심부름꾼' 역할을 수행하며, 시와 역사 기록 간의 상호작용 역시 역사적 현실의 총체적 재현을 꿈꾸는 시인의 예언적 목소리에 의해 끊임없이 통제된다. 멕시코의 거대한 벽화에 견줄 만한 장대한 구도 속에 아메리카 역사의 구체성을 담아내고 있는 231편 1만5천행의 방대한 시적 파노라마는 그가 휘트먼과 더불어 아메리카 대륙 최고의 서사 시인임을 웅변으로 보여준다.

『모두의 노래』에 이르기까지 길 잃은 소년, 사랑에 빠진 미성년, 고뇌하는 몽유병자, 전쟁의 증인, 역사의 기록자로 끊임없이 새로운 페르소나를 제시해온 네루다는 체포령 철회로 1952년에 귀국하여 단순한 사물들을 노래하는 시인, 변덕스러운 사적인 인간, 지난날을 회고하는 노시인, 박물학자, 형이상학자로 변신을 거듭하며 자신의 삶과 세상을 관조하고 성찰하는 원숙한 시인의 삶을 펼친다. 그러나 그 과정은 결코 순탄치 않았다. 격동과 파란의 칠레 현대사 앞에서 조용히 삶을 마무리하겠다는 시인의 바람은 번번이 좌절되고 만다. 1969년에는 칠레 공산당에 의해 대통령 예비 후보로 지명되기에 이른다. 정치적 동지인 살바도르 아옌데가 인민연합의 단일 후보에 추대되도록 후보를 사퇴하고 선거전에 적극 가담한 그는 선거를 통해 수립된 최초의 사회주의 정부 출범에 큰 힘을 보탠다. 그러나 1973년 9월 11일 미국을 등에 업은 피노체트의 쿠데타로 아옌데 정권이 붕괴되고 칠레 사회는 군사 독재의 어두운 터널로 빠져들게 된다. 그리고 그 터널의 초입에서 네루다는 절망과 분노 속에 죽음을 맞는다. 그의 장례식은 피노체트 정권에 반대한 첫 공개 집회로 기록되고 있다. 공식적으로는 1973년 9월 23일 지병인 전립선암이 악화되어 사망한 것으로 알려졌지만, 사망 원인을 둘러싸고 그동안 가족과 측근들, 좌파 논객들에 의해 의혹이 끊임없이 제기되어 왔다. 급기야 2013년 4월에 사인 규명을 위해 유해가 발굴되었다가 재매장되는 사태에까지 이르렀다. 국제 법의학 전문가들이 독살이 아닌 것으로 판명했음에도, 2015년 칠레 내무부가 제3자의 개입을 통한 독살 가능성을 인정하는 등 시인의 죽음을 둘러싼 논란은 쉽사리 가라앉지 않고 있다. 이러한 일련의 상황은 네루다가 단순한 한 사람의 문학인을 넘어 여전히 오늘의 칠레를 움직이는 살아 있는 힘이라는 것을 확인시켜 준다.

"우리 시인들은 낯선 사람들과 섞여 살아야 한다. 그리하여 낯선 사람들이 길거리에서, 해변에서, 낙엽 속에서 문득 시를 읊을 수 있어야 한다. 그럴 때만 우리는 진정한 시인이며 시는 살아남을 수 있다."
— 파블로 네루다

일상에서 시를 길어올리다

김현균

네루다에게 시인으로의 탄생은 규정 불가능한 존재, 다시 말해 집단적·복수적 자아로 이행함을 전제로 한다. 자서전 서두에서 스스로 밝히고 있듯이, 그의 삶은 혼자만의 삶이 아니라 모든 삶들로 이루어진 삶인 것이다. 열여섯 살 소년 시인이 네프탈리 레예스 바소알토라는 본명을 버리고 취한 파블로 네루다라는 필명은 동시에 모든 이름을 갖도록 허용하는 이름이다. 가령, 『모두의 노래』에서 시인의 노래는 전기적·개인적 존재로서의 '나'가 아니라 작품 안에서 모든 삶을 살아가는 총체적 자아의 놀라운 가변성을 통해 '모두'의 노래가 된다. 시적 자아는 때로는 풀숲, 살구나무, 낙엽송, 밀 같은 식물이 되기도 하고 콰우테목, 라스 카사스, 산디노, 레카바렌 등의 역사적 인물이나 이름 없는 무수한 아메리카 민중이 되기도 한다. 『너를 닫을 때 나는 삶을 연다 : 기본적인 송가(Odas elementales)』(이하 『기본적인 송가』)에서 시인은 이러한 시적 자아의 또 다른 가면을 '보이지 않는 사람(hombre invisible)'으로 명명한다.

1952년 망명생활을 끝내고 귀국한 네루다는 1954년, 50회 생일을 맞아 부에노스아이레스의 로사다 출판사에서 『기본적인 송가』를 펴낸다. 여기에 실린 시편들의 양식은 『새로운 기본적인 송가(Nuevas odas elementales)』, 『세 번째 송가집(Tercer libro de las odas)』, 『항해와 귀향(Navegaciones y regresos)』으로 이어지며 네루다 후기 시의 방향을 결정한다. 원래 카라카스 일간지 《엘 나시오날(El Nacional)》에 매주 한 편씩 연재할 목적으로 기획되었기에 신문 판형을 고려하여 연 구분이 최소화된 짤막한 시행을 채택한 것으로 알려져 있다. 그러나 본질적으로 이는 내용과 형식의 조화와 일치를 위한 시인의 의도적 선택이었다. 그에 따르면, 기본적인 대상들의 세계는 가장 단순하고 소박한 형식으로 표현되어야 하기 때문이다. 그리스 시인 핀다로스에 의해 그 원형이 확립된 송가(ode)는 숭고한 대상에 바쳐져 왔으며 엄숙한 주제와 품위 있는 문체가 특징이지만, 여기서는 게으름, 양말, 토마토, 엉겅퀴 같은 소박한 것들이 대상이며 간결하고 명료한 표현과 구어체 성격의 평범한 언어가 주조를 이룬다. 시에서 엄숙함과 권위를 몰아내고 소박한 사물과 대상의 세계에 천착하는 간결함의 미학은 네루다 문학에서 또 하나의 두드러진 단절의 징후이며, 전통적으로 서로 양립할 수 없는 명사(odas)와 형용사(elementales)를 결합시키고 있는 시집 제목의 모순어법은 새로운 시도의 혁신성을 응축하고 있다. 어떤 위계도 차별도 없이 알파벳순으로 실린 68편의 시를 가득 채우고 있는 진정성과 우아하고 감동적인 수수함이 『스무 편의 사랑의 시와 하나의 절망의 노래』의 강렬한 서정, 『지상의 거처』의 우수어린 난해한 아름다움, 『모두의 노래』의 서사시적 장려함, 『방랑 일기(Estravagario)』의 해학적 자조와 한 시인 안에 공존할 수 있다는 것은 놀랍다. 멕시코 소설가 카를로스 푸엔테스가 적절하게 정의했듯이, 네루다는 "언어의 미다스 왕"이다. 그가 손을 대면 모든 것은 시가 되었다. 그 어떤 테마도 그의 궤도를 벗어날 수 없다. 시인이 만지는 대상 하나하나는 짤막한 시행들 안에서 고유한 공간과 시간, 움직임을 갖는다.

'송가' 연작의 서시(序詩)에 해당하는 작품의 제목이기도 한 '보이지 않는 사람'은 그의 새로운 시적 태도를 규정하는 핵심 개념으로 연대성과 희망을 담보하는 집단적 주체 '우리'에 근접한다. 그의 목소리가 '나'를 말할 때 그 '나'는 또한 '너'이며 자신의 사랑과 조국, 신념을 기릴 때 시인은 모든 사람들을 기리는 것이다. 이 개념은 시인 자신이 피압박 민중의 대변자로서의 영웅이 아니라 친숙하고 소박한 사물들과 추상적이고 관념적인 대상들의 노래를 전달하는 투명한 익명의 존재로 기능하는 보편적이고 몰개성적인 서정시에 대한 강력한 의지를 보여준다.

> 나의 노래는 모두가 하나 되게 하는 노래 :
> 모든 이들과 함께 부르는
> 보이지 않는 사람의 노래.

개인의 내면세계와 고독의 바다에 매몰됐던 자아도취적인 과거 작품들에 대한 자기비판으로 시작하는 인용 시에서 시인은 저주받은 창백한 시인들의 아방가르드와 상투화된 교조적 리얼리즘에 맞서 누구에게나 읽히고 이해될 수 있는 일상성의 시를 옹호한다. 시는 일인칭으로 쓰였지만, 개인과 개인성을 감추고 '나'의 우월성을 부정하는 '보이지 않는 사람'과 더불어 시인의 노래는 이름 없는 민중들의 침묵의 언어와 결합한다. 결국 대상과의 친화를 욕망하는 '보이지 않는 사람'은 삶의 일상에서 유리되어 자신 속에 갇힌 "가련한 내 형제, / 시인"의 해독제인 셈이다. 네루다가 1935년 스페인에서 발표한 선언적 글 「순수 없는 시에 관하여(Sobre una poesía sin pureza)」에서 이미 이러한 시적 모험의 이론적 표현을 찾아볼 수 있다.

> 우리가 추구해야 할 시는 산(酸)에 닳아지듯 손의 노동에 닳아지고, 땀과 연기가 배어 있고, 법의 테두리 안팎에서 행해지는 다양한 일들로 얼룩진, 백합과 오줌 냄새를 풍기는 그런 시다. 음식 얼룩과 수치를 지닌, 주름살, 법의 준수, 꿈, 불면, 예언, 사랑과 증오의 고백, 폭력적 언동, 충격, 목가, 정치적 신념, 부정, 의혹, 긍정, 무거운 짐을 진 몸뚱이처럼, 낡은 옷처럼 불순한 시.

아직 그의 시가 다분히 형이상학적 단계에 머물러 있을 때 쓰인 위의 글에서 시인은 마르크스주의의 집단주의 미학을 명시하지 않으면서도 관념과 추상의 거부, 인간 존재의 생생하고 구체적인 경험에 대한 추구를 분명하게 보여준다. 『지상의 거처』에서 개인주의적·초현실주의적 성향을 보였던 네루다가 일상의 삶이 우리를 가득 채우고 고양하기를 열망하는 새로운 시 개념과 인간과의 접촉 없이는 어떤 시도 있을 수 없다는 시적 비전을 통해 스페인 내전 이후 구체화될 사회정치적 지향을 선취하고 있다는 점은 주목할 만하다.

한편, 『기본적인 송가』는 『모두의 노래』와 달리 상대적으로 이데올로기적 논란을 비껴가며 독자들의 폭넓은 공감을 불러일으켰다. 그러나 이 시편들에서 네루다는 결코 정치에서, 과거의 이데올로기적 신념에서 멀어지지 않는다. 공공적 책무를 지닌 노동자로서의 시인, 노동으로서의 글쓰기 개념도 여전히 유효하다. 이 시집이 새로운 사회주의 세계에 대한 찬가인 『포도와 바람』과 같은 해에 출간되었다는 사실도 이러한 주장을 뒷받침해준다. 미국의 군사적 개입을 규탄하는 「원자(原子)를 기리는 노래」, 미국의 경제적 수탈을 비판하고 있는 「구리를 기리는 노래」, 정치적 폭력에 항거하는 「과테말라를 기리는 노래」 등에서 특히 정치적 색채가 두드러진다. 훗날 흐루쇼프의 스탈린 격하 이후 즈다노프를 공개적으로 비판하기까지 네루다는 오랫동안 자타가 공인하는 스탈린주의자였고 사회주의 리얼리즘의 미학적 테제를 암묵적으로 지지했다. 특히 『가슴속의 스페인』 이후 새로운 사회 건설에 대한 낙관적 전망을 견지했던 그에게 사회주의 리얼리즘은 당대의 정치사회적·경제적·윤리적 딜레마를 기술하기 위한 주된 창작원리가 되었다.

그렇다면 이 시집은 어떻게 교조적인 사회주의 리얼리즘에 질식당할 위험을 벗어나고 이데올로기적 비판에서 상대적으로 자유로울 수 있었을까. 로드리게스 모네갈이 지적하듯이, 송가의 시편들은 실제로 정치적 구호에서 출발하는 것이 아니라 그리로 흘러든다. 이러한 변화에 대해 일부 좌파 비평가들은 불편한 심기를 드러내기도 했는데, 평생 그의 문학적 비판자였던 파블로 데 로카가 이 시집의 실존주의, 탈역사성, 이상주의를 들어 민중투쟁에 대한 반역으로 매도했을 정도다. 그는 이 시집을 지배하는 민중적 서정의 중심에는 정치이데올로기가 아니라 유년기의 테무코로 상징되는 순수 자연의 세계와 근원적 휴머니즘이 자리 잡고 있다는 것을 보지 못했다. 기본적인 것들로 돌아간다는 것은 그의 시의 기원이자 원천으로 회귀하는 것이다. 시인 자신의 말대로, 이 시집의 출발점은 "연필에 침을 묻히며 태양과 흑판, 시계 혹은 인간 가족에 대한 글짓기 숙제를 시작하는 소년의 그것"이다. 순결한 자연과 대지에 대한 사랑을 인류 보편에 대한 전망으로 확대시키고 있는 이 시집에서 시인은 시와 풍토와 혁명의 동거를 탁월하게 구현하고 있다.

시인은 자연과 소소한 삶의 일상에서 얻은 통찰과 깨달음을 기꺼이 독자와 나누고자 한다. 시어와 이미지의 단순함과 투명함은 시인과 독자 사이의 진정한 소통과 교감을 위해 필요한 교량이다. 또 시인은 우리가 피상적으로 보는 삶과 오직 그만이 포착할 수 있는 파토스 사이의 연결고리다. 어느 누가 냉전의 한복판, 원자폭탄이 투하되는 엄혹한 시기에 붕장어 수프와 땅에 떨어진 밤이 시인에게 그토록 심오한 시적 영감의 대상이 될 것이라고 생각할 수 있겠는가? 소박한 엉겅퀴는 철갑을 두르고 싸움터에 나서는 전사로 묘사되고, 양파는 눈부신 깃털을 가진 새보다 더 아름답다. 독자들은 작고 소박한 것들에 주목하는 시인의 투명한 눈을 통해 세상을 새롭게 향유하고 세상을 바라보는 새로운 눈을 갖게 된다. 이제 독자는 공기를 호흡하고 토마토를 자르고 옷을 입고 벗는 지극히 일상적인 행위 하나하나에 새로운 삶의 의미를 부여하게 되며, 바로 여기에 송가 고유의 교화적 기능이 자리한다. 문득문득 등장하는, 『지상의 거처』를 떠올리게 하는 놀라운 시적 이미지 역시 일상에서 잊히기 쉬운 대상들을 숭고한 차원으로 승화시킴으로써 사물의 근원적 가치, 삶의 본질적 의미를 선명하게 부각시키는 데 기여한다. 시는 모름지기 모두가 함께 나누는 빵 같은 것이 되어야 하며 최고의 시인은 우리에게 일용할 빵을 건네는 사람이라는 네루다의 오랜 시적 신념이 마침내 가장 적절한 시의 형태로 구현된 것이다. 신문 연재를 제안 받았을 때 그가 문예면이 아닌 뉴스면에 실려야 한다는 독특한 조건을 내건 것도 자신이 송가를 바친 대상들이 가득 놓인 아침 식탁에서 누구든 신문에 실린 시를 고상한 예술품이 아니라 질박한 삶의 양식처럼 편하게 먹고 음미할 수 있도록 하기 위함이었을 것이다. 『모두의 노래』처럼 비장한 민중주의를 전면에 내세우지 않고도 그가 평생에 걸쳐 옹호해온 가난한 민중들에 의해 폭넓게 읽혔다는 점에서 『기본적인 송가』는 예술성과 대중성을 동시에 달성한 가장 야심적인 시집이라 하겠다.

오직 사랑을 이유로

김상혁(시인)

밤은 기꺼이 땅으로 몸을 던진다. 왜? 바로 사랑 때문이다. "반짝이는 마호가니처럼 온전"하며 "형태의 교본"이라 할 만큼 완벽한 저 밤은, 밤송이 벌어진 틈새로 세상을 바라보다가 몸을 던지리라 결심한다. 노래하는 새, 별빛을 반사하는 이슬, 그리고 뛰노는 아이들과 그들이 사는 집이 피워 올리는 연기에 우듬지 밤은 매혹당한 것이다. 네루다는 나무 꼭대기에 붙들린 밤을 노래하지 않는다. 그는 매혹당하여 사랑에 빠진 밤, 그리하여 아찔한 높이에서 자기를 던져 버린 밤을 기린다.

물론 밤 한 톨로 세상은 변하지 않는다. 딱히 누가 알아줄 리도 없다. 쿵, 하고 밤 떨어지는 소리를 들을 수 있는 것도 어쩌면 밤 자신뿐이다. 그럼에도 사랑의 낙하는 허무하지 않다. 오히려 그것은 땅에 묻힌 후에야 "오래고도 새로운 차원을 열게 될" 새로운 밤나무가 된다. 여기서 네루다가 생각하는 사랑의 본질이 나타난다. 그에게 사랑이란 '매혹당함'이자 동시에 상대를 향하여 '자기를 던짐'이다. 밤은 자기 몸을 땅에 버리고 거기에 파묻혀야만 밤나무로 완성될 수 있다. 이렇게 '희생'은 '사랑'과 떨어질 수 없는 짝이다.

모든 문학은 결국 인간에 대한 이야기다. 네루다가 밤나무에서 떨어진 밤을 묘사할 때, 그가 말하려는 건 식물의 생태가 아니라 한 인간의 태도와 지향이다. 흔히 우리는 사랑을 강렬한 감정의 체험이라 생각한다. 하지만 인간이 지닌 사랑의 동력은 기꺼이 자기를 희생하겠다는 이성적 결단 없이는 곧 소진되고 만다. 이처럼 사랑이 자기희생으로 완성되기에, 진정으로 사랑에 빠진 사람은 '남' 아닌 '나'를 바꾼다. 내가 치열한 사랑을 시작했는데 왜 너도, 이 세상도 전혀 바뀌지 않느냐며 따지는 자는 사랑에 대하여 오해하는 것이다.

혹자는 네루다의 시에서 민중을 위하여 헌신하는 혁명가의 모습을 볼지도 모르겠다. 어떤 이는 떨어진 밤에서 자신을 밀알에 비유한 신인(神人)을 떠올릴 수도 있다. 다 정당한 해석이다. 중요한 것은, 혁명가나 신의 아들, 그리고 밤 한 톨 모두 오직 사랑을 이유로 자기를 던졌다는 점이다. 그러니까 우리는 인간과 세상에 대한 애정 때문에 가장 버리기 어려운 것을 버리기도 하는 것이다. 바로 '나'라는, 최고로 완고한 세계를 말이다.

세계시인선 38 너를 닫을 때 나는 삶을 연다

1판 1쇄 펴냄 2019년 8월 10일
1판 4쇄 펴냄 2023년 6월 30일

지은이 파블로 네루다
옮긴이 김현균
발행인 박근섭, 박상준
펴낸곳 (주)민음사

출판등록 1966. 5. 19. (제16-490호)
주소 서울시 강남구 도산대로1길 62
강남출판문화센터 5층 (06027)
대표전화 02-515-2000 팩시밀리 02-515-2007

www.minumsa.com

ISBN 978-89-374-7538-2 (04800)
978-89-374-7500-9 (세트)

* 잘못 만들어진 책은 구입처에서 교환해 드립니다.

세계시인선 목록

1	카르페 디엠	호라티우스	김남우 옮김
2	소박함의 지혜	호라티우스	김남우 옮김
3	욥의 노래	김동훈 옮김
4	유언의 노래	프랑수아 비용	김준현 옮김
5	꽃잎	김수영	이영준 엮음
6	애너벨 리	에드거 앨런 포	김경주 옮김
7	악의 꽃	샤를 보들레르	황현산 옮김
8	지옥에서 보낸 한철	아르튀르 랭보	김현 옮김
9	목신의 오후	스테판 말라르메	김화영 옮김
10	별 헤는 밤	윤동주	이남호 엮음
11	고독은 잴 수 없는 것	에밀리 디킨슨	강은교 옮김
12	사랑은 지옥에서 온 개	찰스 부코스키	황소연 옮김
13	검은 토요일에 부르는 노래	베르톨트 브레히트	박찬일 옮김
14	거물들의 춤	어니스트 헤밍웨이	황소연 옮김
15	사슴	백석	안도현 엮음
16	위대한 작가가 되는 법	찰스 부코스키	황소연 옮김
17	황무지	T. S. 엘리엇	황동규 옮김
18	움직이는 말, 머무르는 몸	이브 본푸아	이건수 옮김
19	사랑받지 못한 사내의 노래	기욤 아폴리네르	황현산 옮김
20	향수	정지용	유종호 엮음
21	하늘의 무지개를 볼 때마다	윌리엄 워즈워스	유종호 옮김
22	겨울 나그네	빌헬름 뮐러	김재혁 옮김
23	나의 사랑은 오늘 밤 소녀 같다	D. H. 로렌스	정종화 옮김
24	시는 내가 홀로 있는 방식	페르난두 페소아	김한민 옮김
25	초콜릿 이상의 형이상학은 없어	페르난두 페소아	김한민 옮김
26	알 수 없는 여인에게	로베르 데스노스	조재룡 옮김
27	절망이 벤치에 앉아 있다	자크 프레베르	김화영 옮김
28	밤엔 더 용감하지	앤 섹스턴	정은귀 옮김
29	고대 그리스 서정시	아르킬로코스, 사포 외	김남우 옮김